Universo dos Livros Editora Ltda.
Avenida Ordem e Progresso, 157 - 8º andar - Conj. 803
CEP 01141-030 - Barra Funda - São Paulo/SP
Telefone/Fax: (11) 3392-3336
www.universodoslivros.com.br
e-mail: editor@universodoslivros.com.br
Siga-nos no Twitter: @univdoslivros

Serena Valentino

A história daquela mulher diabólica

São Paulo
2022

Evil Thing

Copyright © 2020 Disney Enterprises, Inc. All rights reserved.

Published by Disney • Hyperion, an imprint of Disney Book Group.

Adaptado parcialmente da animação da Disney *Os 101 Dálmatas*.

Copyright © 1961 Disney Enterprises, Inc.

Os 101 Dálmatas é uma história baseada no livro *The Hundred and One Dalmatians*, de Dodie Smith, publicada por The Viking Press.

© 2020 by Universo dos Livros

Todos os direitos reservados e protegidos pela Lei 9.610 de 19/02/1998.

Nenhuma parte deste livro, sem autorização prévia por escrito da editora, poderá ser reproduzida ou transmitida sejam quais forem os meios empregados: eletrônicos, mecânicos, fotográficos, gravação ou quaisquer outros.

Diretor editorial: Luis Matos

Gerente editorial: Marcia Batista

Assistentes editoriais: Letícia Nakamura e Raquel F. Abranches

Tradução: Michelle Gimenes

Preparação: Marina Constantino

Revisão: Juliana Gregolin

Arte: Valdinei Gomes

Ilustração da capa: Jeffrey Thomas

Dados Internacionais de Catalogação na Publicação (CIP)
Angélica Ilacqua CRB-8/7057

V252c

    Valentino, Serena

    Cruella: a história daquela mulher diabólica / Serena Valentino; tradução de Michelle Gimenes. – São Paulo: Universo dos Livros, 2021.

    272 p. (Vilões da Disney ; 7)

    ISBN 978-65-5609-023-8

    1. Literatura infantojuvenil 2. Super-vilões 3. Cruella de Vil (Personagem fictício) I. Título II. Gimenes, Michelle

20-2468   CDD 028.5

Dedicado com amor ao meu cachorro, Gozer.

CAPÍTULO I

CRUELLA DE VIL

Suponho que eu poderia começar minha história aqui, na Mansão Infernal, lugar que permitiu que todos os meus maravilhosos planos brotassem das trevas. Mas prefiro começar do início, ou pelo menos o mais próximo disso, para que vocês tenham uma ideia do que me move. É claro que vocês conhecem a história daqueles cãezinhos, aqueles malditos dálmatas e seus donos sem graça, Roger e Anita. E aposto que vocês até torceram para que eles escapassem de mim. Eu, um monstro, a "mulher diabólica" que usa um casaco de pele. Será que não mereço a chance de contar a minha versão da história? A história real. É *fabulosa*, no fim das contas. Prestem atenção! É a *minha* história. A história de Cruella De Vil!

Mas o tempo está passando, queridos. Voltemos para quando eu era uma garota de onze anos e morava na mansão da minha família. Então se preparem: esta será uma viagem insana.

Minha mãe, meu pai e eu morávamos em uma casa enorme em Belgrave Square. Era grande, extravagante e magnífica, uma mansão imponente com quatro colunas gigantescas sustentando um terraço que dava para a praça. Nosso bairro ficava a uma distância segura da ralé de Londres, que ficava do outro lado da cidade. Nós vivíamos do *lado certo*, cercados por parques a perder de vista, que criavam um mundo que parecia pertencer apenas a nós.

Certamente era possível vislumbrar, vez ou outra, um criado polindo os metais das varandas da frente ou uma babá passeando pelo parque com alguma criança de voz estridente. Havia também as senhoras que vendiam violetas nas esquinas e os garotinhos que vendiam jornais e entregavam mensagens, mas eles eram quase invisíveis, como uma assombração. Eu nem os considerava gente.

Eu os chamava de "não gente". Para mim, eles eram praticamente fantasmas.

Embora, obviamente, meus próprios criados estivessem bem vivos, a maioria era como espectros silenciosos, aparecendo e desaparecendo apenas quando precisávamos deles. Eles não eram *reais*. Ou era isso que eu achava, pelo menos. Não eram como mamãe e papai. Nem como eu. Alguns dos meus criados pareciam mais reais que outros. Eram aqueles que estavam sempre no meu campo de visão. Os criados que não eram propriamente criados, mas que ficavam entre empregados e membros da família. Falaremos deles no momento apropriado.

Mas... ah! Como eu amava meu pai, minha mãe e nossa casa enorme em Belgravia, com seus lustres de cristal, papéis de parede extravagantes e piso de madeira encerada coberto por tapetes exóticos. E, de certo modo, eu amava até os nossos empregados fantasmagóricos, que se moviam em silêncio e sistematicamente pela casa, atendendo a cada um de nossos caprichos. Sempre lá. Sempre prontos para cumprir minhas ordens, assim que eu tocava a sineta.

A imagem de nossa residência enorme brilha em minha memória feito uma luz, tentando me levar de volta para casa de qualquer maneira. Se ao menos eu pudesse estar protegida por suas paredes outra vez. Levar uma vida de maneira gloriosa, como levava quando era criança, quando tudo era simples. Vivi tantos dias maravilhosos naquela casa. A memória deles circula pela minha mente e às vezes me deixa tonta de saudade.

Passava a maioria dos meus dias com a srta. Pricket, minha babá, na sala de estudos. A srta. Pricket era a responsável pela minha educação desde que eu atingira a idade adequada para aprender a ler. Ela me dava aulas de francês, aquarela, bordado, leitura e escrita. A maioria das garotas de nosso círculo social era educada por governantas. Se eu fosse um garoto, teria sido mandada para um internato, onde teria aprendido todo tipo de matéria, como, por exemplo, mitologia grega, história e matemática. Às garotas, era ensinado como se portar em uma sala matinal. Como se comportar como jovens damas respeitáveis. Como organizar festas magníficas, planejar cardápios e conduzir conversas durante os jantares. E essas coisas, também, fizeram parte da educação que recebi da srta. Pricket. Mas ela nunca se negou a me ensinar se eu demonstrasse interesse por um assunto que não era reservado às jovens damas. Ela estimulava minha inclinação para a geografia, por exemplo, e deixava que eu dedicasse quanto tempo quisesse ao estudo de culturas e costumes de diferentes países, porque sabia que eu queria desesperadamente viajar pelo mundo quando tivesse idade suficiente para embarcar em tal aventura. Tenho lembranças queridas daquela época. Mas minha parte favorita de todos os dias era descer para a sala matinal com a srta. Pricket e passar uma hora agradável com minha mãe.

Uma hora por dia, totalmente dedicada a mim.

A paixão de minha mãe por roupas requintadas era inabalável. Ela estava sempre lindamente vestida com modelos da última moda. Ninguém estava à altura dela, nem mesmo eu. E vocês sabem quanto sou deslumbrante, não é, queridos? Já viram minhas fotos nos jornais. Sabem das minhas proezas e da minha devoção incansável à moda. Bem, queridos, minha mãe era igual. Tinha uma vida glamorosa e empolgante, e a merecia. Era a mulher mais bela e encantadora que já conheci. Era uma verdadeira dama.

Ela não *precisava* arranjar tempo para mim, ocupada como era, mas arranjava, todos os dias no mesmo horário, assim que eu terminava meus estudos com a srta. Pricket. Eu imaginava minha mãe enquanto descia a imponente escadaria, indo da sala de estudos para a sala matinal. Eu tinha que me segurar para não descer os degraus correndo, para ser uma verdadeira dama e não gritar de alegria, porque ficava muito feliz em ver minha mãe. Afinal, minha sala de estudos era algo novo. O quarto de brincar tinha sido transformado recentemente em sala de estudos, o que significava que eu estava no caminho para me tornar uma jovem dama.

A srta. Pricket estava sempre lá, segurando minha mão para que eu me comportasse de forma apropriada. Não que eu precisasse que ela orientasse meu comportamento. Mas eu *precisava* de suas orientações sobre como me vestir, pois ainda não havia desenvolvido o talento genial de mamãe para compor um visual. Antes de deixarmos a sala de estudos todos os dias e irmos ao encontro de mamãe, a srta. Pricket se certificava de que eu estivesse impecável. Eu insistia, no mínimo, em estar perfeita. A srta. Pricket inspecionava cada detalhe, verificando se meu cabelo, vestido e laços estavam em ordem, sabendo que eu ficaria arrasada se minha mãe notasse alguma coisa fora do lugar. Eu nem sonhava em descer para a sala matinal antes de colocar um dos meus vestidos mais bonitos, ou sem ter certeza de que cada cacho do meu cabelo estava perfeitamente arrumado.

A sala matinal era a preferida de mamãe. Era o território dela, e estava sempre decorada com extravagância. Não era a maior sala da casa; sendo um dos cômodos do piso principal destinados à família, era menor, mas aconchegante, e um dos mais bonitos. As janelas ficavam alinhadas na parede dos fundos, junto a um par de portas francesas que levavam ao terraço, com vista para Belgrave Square. Diante das janelas havia uma grande escrivaninha de madeira, onde minha mãe cuidava da correspondência e da administração diária da casa. Na parede da direita ficava a lareira, cuja moldura era bem decorada com os preciosos tesouros que meus pais traziam de suas diversas viagens pelo mundo: um par de belas estátuas de jade em formato de tigre, um pequeno relógio de ouro e uma estátua de ônix preto de Anúbis, o deus egípcio protetor das tumbas antigas. Anúbis tinha a forma de cachorro, e eu havia imaginado que ele era o protetor dos cães até meu pai me corrigir. E, obviamente, ali também ficavam os convites para festas e jantares, que adornavam a moldura da lareira de todas as famílias mais elegantes. Mamãe sempre tinha no mínimo três convites em qualquer dia da semana.

Acima da lareira estava pintado um padrão semicircular em estilo *art déco* que ficou marcado na minha memória. Quando fecho os olhos e penso na casa em Belgravia, lembro-me daquele desenho. Bem que gostaria de descrevê-lo melhor, porque não é tanto sua aparência que tento descrever, mas o sentimento que pensar nele evoca. A sensação de lar. Como descrever uma coisa dessas?

A sensação de estar em casa.

À direita da lareira havia uma estante de livros ladeada por dois grandes vasos de palmeiras. Na frente dela, a certa distância, ficava um carrinho de bebidas com várias garrafas, copos de coquetel e o sifão de água gaseificada. Diante da lareira havia um sofá de couro e, de frente para ele, duas poltronas do mesmo material separadas por uma mesinha redonda. As paredes eram pintadas de um tom ameixa-envelhecido e decoradas com pinturas a óleo em molduras de ouro ornamentadas, além de retratos de damas e cavalheiros austeros. Provavelmente eram parentes do meu pai cujos nomes não sabíamos.

Praticamente todas as visitas que eu fazia à sala matinal para ver minha mãe eram iguais, mas eu ficava maravilhada toda vez que a via sentada no sofá de couro, esperando por mim. Ela era tão impressionante, minha mãe. O que ela faria depois do nosso encontro matinal determinava o que vestia. Geralmente seus planos envolviam sair à tarde com amigas para tomar chá e fazer compras. Em uma das minhas lembranças, ela usa um lindo vestido com a barra na altura das panturrilhas e uma faixa na altura dos quadris, como era moda naquele tempo. Seu batom é rosa-pálido, combinando com o vestido e contrastando com seu cabelo comprido e brilhante, que ela havia prendido para simular um novo corte. Quando saía à noite, ela usava batom vermelho, mas nunca durante o dia. *Batom vermelho é para a noite,* ela dizia sempre. Às vezes ainda ouço seu conselho ecoando em minha mente e, quando isso acontece, sinto como se eu ainda fosse uma garotinha.

Uma tarde em particular se destaca em minha memória. Para ser sincera, não sei dizer se é uma lembrança de um dia ou de muitos, todos misturados em minha mente. Enfim... é uma lembrança bem vívida. Minha mãe sentada casualmente no sofá de couro marrom decorado com uma suntuosa manta vermelha. Eu quis correr para os braços dela assim que a vi, mas a srta. Pricket apertou minha mão, uma forma discreta de me lembrar de que eu deveria agir feito uma jovem dama. Então eu fiquei lá parada, esperando pacientemente que minha mãe desviasse sua atenção da pilha de cartas e cartões que examinava. Quando ela finalmente olhou para mim, dei meu sorriso mais charmoso.

— Boa tarde, Cruella, minha querida — ela disse, virando a bochecha na minha direção para que eu a beijasse. — Vejo que está usando aquele vestido vermelho outra vez.

Fiquei arrasada. Mamãe parecia decepcionada comigo, e aquilo me provocou um frio na barriga.

CRUELLA

— Achei que gostasse deste vestido, mamãe. Disse isso outro dia. Mencionou que eu ficava bonita nele. — Minha mãe suspirou e deixou de lado as cartas que examinava.

— É esse o problema, querida. Eu a vi com este vestido há poucos dias, e você insiste em usá-lo de novo, quando sei que seu armário está lotado de vestidos novos. Uma dama não deve jamais ser vista usando o mesmo vestido duas vezes, Cruella. — Fiquei furiosa com a srta. Pricket. Como podia ter deixado aquilo acontecer? Como podia ter me deixado usar o mesmo vestido duas vezes?

— Srta. Pricket, poderia tocar a sineta e pedir o chá? Depois, por favor, sente-se. Vocês duas. Estão me deixando nervosa zanzando aí feito dois passarinhos.

— Claro, senhora. — A srta. Pricket puxou a corda que ficava à esquerda da lareira e depois se sentou em uma das poltronas de couro, de frente para o sofá em que mamãe e eu geralmente nos sentávamos. Enquanto esperávamos pelo chá, mamãe fazia sempre as mesmas perguntas, na mesma ordem. Toda vez. Ela não perdia tempo, minha mãe.

— Está obedecendo à srta. Pricket, querida?

— Sim, mamãe.

— Boa menina. Está se saindo bem nas aulas?

— Sim, mamãe. Muito bem. Estou lendo um livro sobre uma princesa destemida capaz de falar com as árvores.

— Mas que bobagem. Falar com árvores, era o que me faltava. Srta. Pricket, que besteira é essa que você deixou minha filha ler?

— É uma das histórias de aventuras da Cruella, senhora. Do livro que Lorde De Vil deu a ela.

— Ah, sim. Bem, não quero que ela estrague a vista lendo até tarde.

— Não, senhora. Eu leio para ela à noite.

— Então tudo bem. Ah, veja só. Jackson chegou com o chá.

— E lá estava ele, seguido de perto por Jean e Pauline, duas jovens criadas em seus uniformes pretos e chapéus e aventais brancos. Eu conseguia sempre saber que horas eram só pela cor dos uniformes das criadas. De manhã e no começo da tarde, elas usavam rosa, no fim da tarde e à noite, vestiam preto.

Jackson trazia uma bandeja com o bule de chá, xícaras, pires, pratinhos, açúcar e creme. Era o meu jogo de chá favorito, aquele com rosinhas vermelhas. Jean carregava sanduíches, biscoitos e bolinhos brancos enfeitados com florezinhas cor-de--rosa, tudo habilmente disposto em uma bandeja com suporte de várias camadas que ela deixou ao lado de mamãe. Pauline, a quem minha mãe chamava de Paulie, levava uma linda gelatina de framboesa sobre uma bandeja de prata. A gelatina trepidou quando foi depositada sobre a mesa.

— O que é isso, Paulie? — perguntou mamãe. — Um agrado da sra. Baddeley?

Paulie deu um sorriso matreiro para mim enquanto respondia à minha mãe.

— Sim, senhora. Feito especialmente para a srta. Cruella.

— Então é melhor você ir até a cozinha e agradecer à sra. Baddeley assim que terminarmos nosso chá, Cruella. Foi muita gentileza dela mandar uma gelatina para você. Mas da próxima vez, Paulie, leve essas coisas para o quarto de brincar. Não quero doces melequentos na sala matinal.

— Agora é a sala de estudos, mamãe — eu disse baixinho.

— O que disse, querida? Fale alto. Não quero que aja feito um camundongo tímido — ela corrigiu, olhando de esguelha para a gelatina, como se ela pudesse pular da mesa e estragar o tapete caro a qualquer momento.

— Agora é a sala de estudos, não mais o quarto de brincar — falei, erguendo um pouco a voz.

— É claro, querida. Mas não deveria me interromper por causa de um detalhe desses. Agora, você não deveria deixar a sra. Baddeley esperando. Já não está terminando o seu chá?

A srta. Pricket pegou, com uma mão, meu prato cheio de pequenos sanduíches e bolinhos, e, com a outra, segurou minha xícara pelo pires, e então colocou tudo na bandeja de prata.

— Jean vai levar estas coisas até a cozinha para você, não é, Jean? Assim a srta. Cruella pode terminar de comer lá.

— Que ótima ideia, srta. Pricket. Não acha, Cruella? Já estou de saída, de qualquer forma. Não posso chegar atrasada ao encontro com Lady Slaptton. Se eu me atrasar, ela não falará de outra coisa até algo diferente chamar a sua atenção. — Então mamãe virou-se para o nosso mordomo. — Jackson, meu casaco.

— Sim, senhora. — E lá foi ele, com Jean e Pauline atrás de si, levando da sala matinal todos os utensílios do chá.

— Dê um beijo em sua mãe antes que ela saia, srta. Cruella — disse a srta. Pricket, como se eu precisasse ser persuadida. O fato era que eu estava fazendo hora. Eu queria ver mamãe em seu casaco de pele.

— Pode me acompanhar até o vestíbulo, se quiser, Cruella, e me ver partir antes de ir para a cozinha. — A srta. Pricket me pegou pela mão e me conduziu da sala matinal até o vestíbulo, junto à entrada principal. Era o grande centro de nossa casa. Pode-se dizer que era o coração do nosso lar. No centro do cômodo ficava uma mesa redonda com um vaso de flores que eram trocadas diariamente. Em geral, meu pai deixava seu chapéu sobre a mesa quando chegava. Com certeza, o chapéu seria levado por seu criado para ser limpo e depois entregue em seu quarto, onde meu pai o encontraria no dia seguinte. À direita da entrada principal ficava nossa extravagante sala de jantar, e à esquerda havia a enorme escadaria que levava à sala de estar e ao salão de baile no andar superior, e mais acima era o piso em que ficavam os nossos quartos de dormir. Mais um andar para cima e se chegava ao dormitório dos criados, enfiado no sótão. Ao pé das escadas havia uma porta que levava ao porão, onde ficava a cozinha e o lugar onde os criados trabalhavam. E, bem em frente à porta da entrada principal, ficava a sala matinal, a alma de nossa casa.

Jackson e Jean estavam parados perto da porta principal, esperando por nós. Jackson segurava o casaco de pele de minha mãe, e Jean segurava sua carteira, que brilhava à luz de fim de tarde. Depois que Jackson ajudou minha mãe a vestir o casaco, ela fez um carinho na minha cabeça.

– Agora seja uma boa menina, Cruella. E não se empanturre de doces, não importa quanto a sra. Baddeley insista. Até mais, minha querida. Não volto para o jantar. – Ela jogou um beijo para mim e saiu apressada, com seu comprido casaco de pele esvoaçando atrás dela de modo dramático. Minha mãe sempre saía para encontrar com as amigas e, às vezes, só voltava para casa quando anoitecia. E, se papai não estivesse, ou se ficasse até tarde na Câmara dos Lordes, ela só voltava para casa bem depois do jantar, quando eu já estava na cama.

A maioria dos dias era assim.

Mas ah... como eu adorava meus momentos especiais com mamãe. Uma hora por dia, todos os dias, desde sempre. Uma hora toda dedicada a mim. Era o ponto alto da minha rotina. Uma lembrança à qual me agarro agora que estou nas trevas.

Os momentos que passei com mamãe.

Bela mamãe com seus casacos de pele, joias reluzentes e vestidos sofisticados. Bela mamãe indo apressada para locais animados. Ela era alta, magra e esguia, com impressionantes cabelos negros e olhos de um castanho tão escuro que também pareciam pretos. Tinha malares altos e traços angulosos de matar de inveja qualquer modelo ou atriz. Estava sempre coberta de diamantes e envolta em vestidos reluzentes e, obviamente, sempre usava casacos de pele. Posso vê-la com nitidez quando fecho os olhos. Brilhando no escuro, feito uma estrela cintilante.

Depois da hora maravilhosa que eu havia passado com minha mãe na sala matinal, a srta. Pricket me acompanhou até a cozinha para que eu agradecesse à nossa cozinheira, a sra. Baddeley, pela gelatina. Nem sempre ela mandava gelatina, mas, quando o fazia, mamãe insistia para que eu fosse educada.

Tenho que ser sincera: a sra. Baddeley era insuportável. Era uma mulher atarracada de rosto vermelho e olhos que pareciam sempre sorridentes. Estava sempre coberta de farinha e com mechas de cabelo escapando do coque preso no alto da cabeça.

Toda vez que afastava os cabelos do rosto, espalhava mais farinha pelo corpo. Ela adorava me tratar como se eu ainda fosse uma garotinha, em vez de uma jovem dama, e perguntar coisas que não eram nem um pouco da conta dela. Por que queria saber o que eu estava aprendendo nas aulas? Mamãe não me incomodava com perguntas sobre o que eu estava estudando, então por que a cozinheira fazia isso?

Fechei bem os olhos enquanto descia a escada a caminho da cozinha, desejando ser gentil com ela e capaz de suportar a ladainha estridente de perguntas que ela disparava em alta velocidade.

— Ah, Cruella! Como vai você, minha menina? — ela perguntou assim que ouviu o som dos meus passos na escada. Para uma idosa, ela ouvia bem demais. Juro que ela podia me ouvir saindo desde o terceiro andar e que já teria uma gelatina pronta esperando por mim assim que eu chegasse ao porão.

— Vou muito bem, sra. Baddeley — respondi. — Obrigada pela gelatina. Estava bonita. — A risada dela era um pouco rouca, vulgar e alta. Combinava perfeitamente com sua aparência.

— Ah, minha menina! O gosto é ainda melhor que o aspecto. Pegue — ela ofereceu enquanto me servia uma porção e arranjava espaço na mesa em que esticava uma massa. — Sente-se, querida. Sei que gelatina é o seu doce favorito.

O fato é que eu detestava gelatina, mas, de algum modo, ela tinha enfiado na cabeça que eu adorava, e então eu supostamente teria que aguentar as gelatinas da sra. Baddeley pelo resto da infância.

Sentei-me em um banco de frente para ela e me forcei a engolir a gelatina enquanto a observava trabalhar a massa, com um sorriso surgindo em seu rosto toda vez que me fazia perguntas bobas.

— Quer convidar umas amigas para o chá? Aquela garota adorável... Anita? Podemos fazer uma festa! Posso fazer todos os seus doces preferidos. Anita não gosta de torta de limão?

— Ela gosta, sim. Obrigada — eu disse entre delicadas mordidas. Afinal, mamãe havia dito para eu não comer demais.

— Não acredito que você já tem essa idade. Minha nossa, já vai fazer doze anos, srta. Cruella! Vou preparar algo especial, pode ter certeza. — Sinceramente, ela não parava de falar. — E não falta muito até que vá para a escola de etiqueta. Só alguns anos. Está animada? Nervosa? Ah, Cruella, você vai amar a escola e todas as novas amigas e aventuras... — E continuou falando pelo que me pareceu ser uma eternidade. Que impertinente. Como se *ela* soubesse o que eu amaria ou não. Estava sempre fingindo que se interessava por mim, a sra. Baddeley. Aquilo me fez pensar. Nem minha mãe me perguntava aquelas coisas. O que fazia a sra. Baddeley achar que tinha esse direito? Mas não era sempre assim que as cozinheiras agiam, tentando fazer amizade com as crianças da casa? Mamãe me contara histórias sobre as cozinheiras de sua família, como lhe passavam os doces e como estavam sempre puxando conversas inapropriadas. Sei que Anita adorava a cozinheira de seu tutor — ela praticamente a considerava uma segunda mãe. Mas isso era algo que eu nunca entendi. Eu *tinha* mãe. Uma mãe maravilhosa. O que eu poderia querer com uma mulher coberta de farinha que me paparicava constantemente? Eu era educada com ela, é claro. Respondia às suas perguntas. Eu era um doce nesse sentido. (Não tão doce quanto as gelatinas tóxicas da sra. Baddeley, mas, ainda assim, doce.) É assim que uma jovem dama deve se comportar, então era assim que eu agia quando cumpria meu dever de descer até a cozinha e agradecer àquela mulher irritante.

Vez ou outra, minha mãe também descia para falar com a cozinheira, para elogiar a refeição estupenda ou agradecer por ter impressionado seus convidados. Acho que é porque ela tinha medo de perder a cozinheira para outra casa se não a adulasse de vez em quando. Tantos convidados nossos elogiavam a comida da sra. Baddeley que minha mãe certamente achava que alguém roubaria sua criada.

– Não é como antigamente – mamãe dizia –, quando os criados ficavam vinculados a uma residência a vida toda. Agora eles têm oportunidades. Alguns até sabem ler e escrever. Devemos fazer o que nos cabe para mantê-los fiéis. – E então ela descia a escada com seus vestidos brilhantes, parecendo totalmente deslocada, só para lançar um sorriso de agradecimento para a sra. Baddeley e agradá-la como se agrada a um cãozinho carente.

Ah, cãezinhos… Logo chegaremos a essa parte da história.

Então imitei minha mãe e desci para a cozinha a fim de agradecer à sra. Baddeley quando ela fez a gelatina para mim. Não esqueci de dizer que o sabor framboesa era o meu preferido. Elogiei o formato da gelatina e pedi para ver a forma que ela havia usado. Tudo isso fez a sra. Baddeley rir de alegria. Ela própria parecia uma gelatina, trêmula e bamboleante quando se movia. Ela pegou a forma da prateleira de cima e me mostrou. Fingi achar fascinante.

– Obrigada, sra. Baddeley. Quem sabe poderia usar a forma redonda da próxima vez? Aquela com as arvorezinhas. Adoro aquela forma.

Sinceramente, eu não dava a mínima para o formato da minha gelatina; independentemente do formato, eu ainda teria que engoli-la à força. Mas o pedido a fez rir, parecendo ter enchido seu coraçãozinho puro de alegria, e, tão tola que era, ela acreditou em mim.

– Usarei, srta. Cruella! E será outra de framboesa, pode apostar!

– Obrigada, sra. Baddeley – respondi.

Você é uma tola, pensei.

– E como foi o encontro com sua mãe hoje? – ela perguntou, parecendo um pouco triste enquanto o fazia. Por algum motivo, ela olhou para a srta. Pricket à espera de uma resposta.

– Ela estava linda como sempre – repliquei bem alto, para que ela soubesse que a resposta vinha de mim, não da minha babá.

– Com certeza ela passaria mais tempo com você, se pudesse, srta. Cruella – disse a cozinheira, com suas mãos cobertas de farinha enquanto estendia a massa da deliciosa torta que preparava para o jantar dos criados. Ela fez questão de dizer que torta de coelho era a favorita de Jackson. Tentei não torcer o nariz. Da última vez que tinha descido à cozinha, ela estava fazendo uma torta de cordeiro. Imagino que os mais pobres adorem tortas.

– Passamos uma hora muito agradável juntas – contei, com um sorriso forçado. A sra. Baddeley e a srta. Pricket trocaram olhares outra vez.

Era muito estranho como elas se olhavam quando falávamos sobre minha mãe. Decidi que era porque tinham inveja. Quer dizer, como poderiam não a invejar? Que outro motivo as faria trocar olhares esquisitos? Minha mãe era uma dama e elas não passavam de *empregadas*.

E, então, como se pressentisse que eu pudesse dizer tal coisa em voz alta (eu jamais o faria, porque certamente não seria apropriado para uma dama), a srta. Pricket pegou minha mão, indicando que era hora de voltar lá para cima. E ainda bem que fez isso, porque descobri que havíamos passado horas no porão.

– Vamos, srta. Cruella. O que acha de subirmos e convidarmos a srta. Anita para vir tomar chá amanhã?

– Claro, srta. Pricket! Eu adoraria – respondi assim que desci do banco e segurei a mão dela.

Enquanto eu subia os degraus de mãos dadas com a srta. Pricket, sorrindo e acenando para a sra. Baddeley, senti o coração mais leve. Eu saía da escuridão das masmorras da cozinha e adentrava um mundo que era real e cheio de luz.

Lá em cima, havia vida e beleza, e nem sinal de farinha.

Eu odiava ir lá embaixo; era escuro e abafado, e os criados pareciam pálidos fantasmas com aquela iluminação fraca. Mas o que eles podiam fazer, de fato, se passavam o dia todo enfiados no porão, sem nunca virem a luz do sol? Acho que esse é um dos motivos pelos quais eles não me pareciam reais.

CRUELLA

A srta. Pricket, imagino, era *quase* real. Ela não era exatamente uma empregada, mas também não era parte da família. Ela não fazia suas refeições com os criados. E também não ficava no dormitório dos criados, empilhada no sótão com eles. Ela comia comigo, se minha família tivesse saído à noite, ou levava a refeição numa bandeja para o seu quarto, que ficava bem em frente ao meu. A srta. Pricket quase poderia ter sido uma dama, caso se vestisse como uma. E era bonita o bastante debaixo de suas roupas austeras de babá. Seu uniforme fazia com que ela parecesse ser bem mais velha. Quando eu era pequena, isso me deixava confusa, porque mamãe sempre se referia a ela como uma antiga empregada, e foi só quando cresci que percebi que, na verdade, ela era bem jovem. Ela tinha olhos verde-claros, cabelos ruivos, sardas nas bochechas e um corpo esguio. Era frágil e delicada como uma dama. Só que não era uma dama.

Ela era uma *intermediária*.

Quando a srta. Pricket e eu finalmente terminamos de subir a escada que saía da cozinha e chegamos à entrada principal, vi nosso mordomo, Jackson, ir até a porta para receber alguém. Jackson era alto, grisalho e estoico. Havia certa dignidade nele; ele sempre mantinha a compostura. Era como um grande general no campo de batalha ao comandar a casa, exceto pelos gritos. Jackson jamais levantava a voz. Não nos andares superiores da casa, pelo menos.

Jackson abriu a porta. Para a minha surpresa, era mamãe! Meu coração saltou e dei um gritinho de alegria. Eu não esperava que ela voltasse tão cedo.

– Cruella, por favor! Comporte-se feito uma dama! – alertou a srta. Pricket, apertando minha mão.

Mamãe adentrou o vestíbulo como se fosse uma estrela de cinema, seu casaco esvoaçando ao seu redor de maneira dramática. Atrás dela estavam vários criados de libré carregando os seus diversos pacotes.

– Oi, mamãe! – saudei, virando minha bochecha para que ela me beijasse.

– Oi, Cruella, querida! – ela me cumprimentou. Seus olhos se voltaram para o meu vestido. – Vejo que desceu para agradecer à sra. Baddeley pela gelatina. Só voltou da cozinha agora? Srta. Pricket, olhe para ela. Vocês ficaram quanto tempo exatamente lá embaixo? Parece que ela fez um bolo com as próprias mãos! Não quero que minha filha pareça uma reles cozinheira! – Baixei os olhos para o meu vestido, arrasada. Eu não havia percebido. Ainda bem que minha mãe foi cuidadosa o bastante para chamar a minha atenção, ao contrário da maldita sra. Baddeley, que me deixara sair por aí feito uma idiota coberta de farinha! Mas ela provavelmente não via nada de errado naquilo.

– Obrigada, mamãe. – Recuei, percebendo como fora tola ao virar meu rosto cheio de farinha para que ela me beijasse. A última coisa que eu queria era sujar de farinha o lindo casaco de pele de mamãe.

– Seu pai chegará tarde hoje, então jantarei com os Slaptton antes da ópera.

– Ah – exclamei, decepcionada. – Achei que você tivesse mudado de ideia e decidido jantar em casa.

— Não, querida. Só vim trocar de roupa. Pode jantar com a srta. Pricket no quarto de brincar. Passarei lá para dar boa-noite antes de sair.

— Sala de estudos, Lady De Vil. — A srta. Pricket a lembrou depressa, lançando um olhar na minha direção. — Agora é uma sala de estudos, não um quarto de brincar. — Sorrindo para a minha mãe, ela acrescentou: — Falando nisso, a srta. Cruella está se saindo muito bem nos estudos, senhora. — Mamãe não respondeu. Era como se a srta. Pricket não tivesse dito nada. E por que mamãe deveria responder? Ela não havia dirigido a palavra à srta. Pricket. E provavelmente não ligava para as correções de uma intermediária. Eu não esperava que minha mãe se lembrasse de algo tão trivial quanto o nome de um aposento idiota. Mesmo que eu estivesse muito orgulhosa por passar meus dias em uma sala de estudos, não em um quarto de brincar.

A srta. Pricket pareceu desapontada. Imagino que estivesse chateada por ter sido ignorada por mamãe. Ou talvez fosse por mamãe ter ficado tão irritada com o estado da minha roupa. Qualquer que fosse o motivo de sua cara de ressentida, a intermediária pegou minha mão e me conduziu para o andar de cima. Fizemos nossa refeição noturna juntas, como sempre, depois que voltei a ficar apresentável. O ponto alto da noite foi quando mamãe entrou na sala de estudos para me dar boa-noite antes de sair para seus compromissos noturnos, com seu vestido cintilante brilhando com a luz, seus saltos fazendo barulho no piso e trazendo pendurada no braço sua bolsa adornada com joias. Sua voz melodiosa me desejou uma boa noite.

— Tenha uma ótima noite, Cruella. Durma bem — ela disse, jogando um beijo de longe. — Pode vir até a escada me ver sair, se quiser. — E fui. Eu sempre ia. Amava ver mamãe saindo à noite.

Eu a observei do topo da escada enquanto ela descia com seu vestido brilhante atrás de si. Jackson a aguardava no último degrau, segurando para ela um longo casaco de pele. Fiquei pasma ao vê-la sair. Ela era a mulher mais glamorosa que eu conhecia.

Como eu cobiçava aqueles casacos de pele! Eu mal podia esperar para ganhar o meu primeiro.

Esperei até o ronco do motor do carro de mamãe estar longe o bastante para não ser mais ouvido e depois me dirigi para o meu quarto.

Toda vez era a mesma coisa. A srta. Pricket me levou chocolate quente e conversamos sobre o dia enquanto eu tomava a bebida. Ela leu para mim, e então fizemos planos para o dia seguinte antes que ela me botasse na cama.

— Devo convidar Anita para vir amanhã? Já faz um tempo que não a vemos.

— Sim — respondi sonolenta. — Eu adoraria. — Era verdade. Ela viajara com a família no verão, então fazia tempo que não nos víamos. Anita era minha melhor amiga, e eu sentia muita falta dela quando ela viajava. Eu conhecia Anita desde sempre. Ela era a tutelada de um dos melhores amigos e colega de trabalho de meu pai na Câmara dos Lordes, e, embora mamãe não a achasse uma amiga apropriada para mim, porque não era de família rica como eu, papai a considerava uma boa influência, e sempre insistia para que eu a convidasse para as reuniões e viagens de nossa família. Na infância, ela era como uma irmã para mim.

Embora Lorde Snotton permitisse que ela morasse em sua casa, ela não era uma verdadeira dama, não como eu. Anita não seria apresentada à sociedade. O máximo que ela poderia esperar era uma educação excepcional, o que lhe daria a chance de se tornar babá ou governanta de uma família abastada, a menos que seus tutores conseguissem arranjar um casamento adequado com um cavalheiro que não se importasse com sua falta de berço. Obviamente, ela poderia se aventurar por conta própria e trabalhar como vendedora ou datilógrafa. Mas por que ela iria querer uma coisa dessas?

Isso me lembrou daquela história de Jane Austen... qual era mesmo o nome? Aquela sobre duas irmãs: uma que se casou por amor e a outra que se casou porque era a coisa sensata a se fazer. E é claro que aquela que se casou por amor era pobre, e acabou mandando uma de suas filhas para morar com a que se casou por sensatez. É o resumo da história de Anita — exceto que o tutor de Anita não tinha um filho bonito por quem ela pudesse se apaixonar e casar. Ele tinha duas filhas que faziam de tudo para mostrar a Anita que ela era inferior. Eu me pergunto se eu agiria da mesma forma que as terríveis irmãs Snotton, caso não tivesse amado Anita desde a mais tenra idade, antes que minha mãe me contasse a história dela. Imagino que jamais saberei.

Realmente, Anita era pouco mais que uma intermediária. Mas era minha melhor amiga e minha companhia predileta. Eu não me importava com sua família e sua falta de conexões. Ela era a pessoa mais doce que eu conhecia. E eu a amava.

Depois que conversamos sobre convidar Anita para o chá, a srta. Pricket sugeriu que lêssemos o meu livro favorito de contos de fadas, como era nosso costume todas as noites.

— Vamos ler um pouco sobre a Princesa Tulipa antes de dormir? Acho que paramos quando ela estava prestes a pedir aos Gigantes de Pedra que a ajudassem e aos Senhores das Árvores que protegessem as Terras das Fadas de uma ameaça terrível.

— Acho que estou cansada demais para histórias hoje, srta. Pricket. — Minhas pálpebras estavam pesadas e eu estava pensando em outra coisa. — Sabe por que mamãe não gosta de Anita? É mesmo por causa da família dela?

— Eu realmente não saberia dizer, srta. Cruella. — Eu sabia que aquela era a maneira da srta. Pricket de expressar que *preferia* não dizer, e eu a respeitava por não falar mal de minha mãe. Embora eu não me importasse se ela o fizesse, porque, por mais que eu amasse minha mãe, não entendia aquela reprovação a Anita.

— Ouvi mamãe e papai discutindo sobre Anita, e mamãe disse uma coisa muito estranha. Ela disse "Anita me causa a sensação de que há algo espreitando minha casa, cercando-a e arranhando as paredes. Gostaria que fosse uma sensação menos perturbadora". O que acha que ela quis dizer com isso, srta. Pricket?

— Não deveria ficar ouvindo a conversa dos seus pais, srta. Cruella. — A srta. Pricket me repreendeu de leve. — Não é o comportamento de uma dama. — Bocejei. Às vezes era fácil demais não agir como uma dama, mesmo sem perceber. Então mudei de assunto.

CRUELLA

— Mamãe estava linda esta noite, não estava, srta. Pricket? Não sou a garota mais sortuda do mundo por ter uma mãe tão bonita?

— Sim, ela estava muito linda, srta. Cruella — ela disse.

— E eu não sou a garota mais sortuda do mundo? — provoquei. Ela não havia respondido àquela parte da pergunta. Só ficou lá parada com cara de triste. Por algum motivo, a srta. Pricket sempre parecia triste quando falava de mamãe. E parecia especialmente triste à noite. Sorri para a mulher quando ela me deu um beijo de boa-noite na bochecha, mas eu estava triste por ela. Que vida solitária ela deve ter tido. Passando seus dias a cuidar de uma criança que não era sua filha, fazendo a maioria das refeições sozinha. Sem família e amigos que a amassem ou que se importassem com ela. Eu supunha que eu fosse a única a se importar, do meu jeito.

— Boa noite, srta. Pricket — eu disse com um sorriso, esperando que ela se animasse, mas sua expressão se manteve a mesma, independentemente dos meus esforços para mudá-la.

Mas então algo surpreendente aconteceu. Seu rosto se transformou por completo.

— Ah! Cruella! Desculpe-me por ter esquecido. Sua mãe deixou uns presentes para você na penteadeira. Veja! — Ela correu até o móvel e trouxe as caixas para que eu as abrisse. Uma delas continha um belo vestido vermelho com cinto combinando. Numa caixa menor havia um par de sapatos e uma pequena carteira. A última caixa que abri era a maior, e continha o presente mais fabuloso de todos: um casaco de pele branco com a gola preta. Saltei da cama e o vesti depressa. O casaco me deixava glamorosa até vestindo minha camisola.

Eu estava igualzinha à mamãe. Finalmente tinha um casaco de pele para chamar de meu. E eu simplesmente *sabia* que aquele era o início de uma fase importante da minha vida. Eu estava me tornando uma dama elegante. Assim como mamãe.

– Viu só, srta. Cruella, como sua mãe *pensa* em você? Acho que ela a ama muito – comentou a srta. Pricket. Mas seu olhar me dizia que ela estava se esforçando mais para convencer a si mesma do que a mim. Eu não precisava ser convencida. Eu sabia que minha mãe me amava.

Virei do espelho para a srta. Pricket, dando-lhe um olhar feio.

– Que coisa estranha de se dizer, srta. Pricket. É claro que mamãe me ama. Veja este lindo casaco! – A srta. Pricket assentiu, mas parecia triste enquanto guardava meus presentes.

– Por que está tão triste? – perguntei. Suponho que eu tenha me sentido um pouco mal por ela. Ela sorriu outra vez, mas não respondeu. Esse é o problema com os intermediários, como a srta. Pricket. Como são quase reais, *quase* nos sentimos mal por eles. Quase gostamos deles. Mas nunca descobri o que a deixava tão triste. Nossa conversa foi interrompida naquela noite antes que ela pudesse me responder, porque, de repente, alguém bateu à porta.

– Cruella? – A voz que ouvi era grave, baixa e interrogativa.

– Papai? Entre! – respondi. Ele entreabriu a porta e espiou, brincalhão. Ele exibia o mesmo sorriso travesso com que geralmente me cumprimentava antes de dormir. Eu tinha o pai mais bonito entre todas as minhas amigas, com seus cabelos escuros e sorriso largo de galã de cinema. E ele sempre sorria para mim. Não era um daqueles lordes formais, do tipo que parecia uma morsa gigante ou um pássaro enfadado. Ele era bonito e estava sempre sorrindo. Em retrospecto, acho que minha mãe gostaria que ele fosse um pouco mais sério. Talvez um pouco mais formal. Agora sei que ela não gostava que ele encorajasse minha amizade com Anita, ou que ele não se incomodasse quando eu ficava acordada a noite toda lendo meus contos de fadas. E sei que ela não gostava das caretas que ele fazia à mesa de jantar para que eu risse. Mas, para mim, era encantador.

Dava para ver que a srta. Pricket sempre se sentia uma intrusa quando papai chegava de repente à noite para uma conversa antes da hora de dormir, se chegasse em casa a tempo. Ela pedia licença sem jeito e saía apressada, mais como uma não gente do que como a intermediária que era. Eu sempre ria ao vê-la se esgueirar porta afora antes que papai se sentasse pesadamente na beirada da cama de modo dramático. Ele não era um homem estabanado, mas, comigo, gostava de fingir que era. Era uma coisa nossa.

— E como vai a minha garota? — ele perguntou.

— Muito bem, papai. Tive um ótimo dia com mamãe.

— Você a viu hoje? — Papai era meio esquecido às vezes. Ele sempre parecia surpreso quando eu lhe contava que passara o dia com mamãe, embora soubesse que ela ficava uma hora comigo depois das minhas aulas.

– Vi, papai. Eu a vi na hora do chá, como fazemos todos os dias. Foi uma hora maravilhosa!

– É mesmo, minha menina? Uma hora maravilhosa? Que bom saber disso, querida Cruella. – Seu olhar pousou nas caixas vazias ao pé da cama e ele franziu o cenho. – Vejo que sua mãe fez compras de novo. – De repente, fiquei brava com a srta. Pricket por ela não ter tirado as caixas de lá. – O que ela lhe comprou desta vez? – ele perguntou, parecendo um pouco irritado.

– Ah, papai! Mamãe comprou para mim um casaco de pele branco perfeito! – Saltei da cama e vesti o casaco para ele, girando diante do espelho. – Não fico igualzinha a ela?

– Sim, Cruella. Receio que sim.

Ele me olhou de um jeito tão esquisito que parei subitamente de girar. Será que eu o tinha deixado zangado?

– Papai, está bravo comigo?

Ele me tirou do chão e girou comigo.

– Não, querida. Não estou bravo com você. Você está adorável. Vamos dançar. – Dançamos pelo quarto, o que nos fez rir tanto que tivemos que parar para recuperar o fôlego. Então ele enfiou a mão no bolso e tirou de lá um pacotinho envolto em papel pardo e amarrado com barbante. – Eu também tenho algo para você, querida. Não é um casaco de pele, mas tem uma história interessante, da qual acho que você vai gostar.

Papai raramente me dava presentes. Ele me dava sorrisos bobos, conversas e afeto quase todas as noites, mas raramente me dava presentes. Ele não tinha muito tempo para demonstrar seu amor, sempre ocupado na Câmara dos Lordes. Ao contrário de mamãe, que quase sempre comprava algo belo para mim.

– Ah, papai! – exclamei, rasgando o papel. Os pedaços fizeram minha colcha branca parecer que era de bolinhas marrons.

– Desculpe-me por não ter tido tempo de fazer um embrulho bonito – ele disse. – O vendedor era um homem interessante, o dono da loja de antiguidades, não do tipo que embrulha as coisas em lindas caixas e laços. – Eu não me importava. Mal podia esperar para ver o que era. Mas meu sorriso murchou quando abri a caixa: um par de brincos de jade redondos. Eram de um verde comum e sem graça.

– Obrigada, papai – falei, sorrindo outra vez com esforço. Em comparação com o casaco de pele que mamãe havia me dado, mal se podia chamar aquilo de presente. Acho que foi naquele instante que eu percebi que meu pai não me amava – ou pelo menos não tanto quanto eu achava que amasse. Se me amasse, teria comprado algo realmente belo para mim. Como mamãe sempre fazia.

– Cruella, querida, não lhe contei a melhor parte. Esses brincos foram achados em um baú de pirata de verdade! – Arregalei os olhos. *Aquilo* era interessante.

– Sério?

– Sério, querida. Ele era um grande pirata! Roubou um baú cheio de tesouros de uma terra mágica e distante. Lembra daquele livro que lhe dei? Aquele de contos de fadas estranhos? Aparentemente, o livro e os brincos vieram do mesmo lugar mágico.

– Isso, *sim*, é interessante! – E era. Eu amava histórias de fantasia e aventura. A ideia de um tesouro de pirata enchia meu coração de espanto. Mas eu não conseguia ficar empolgada com o presente. Pude ver a decepção no rosto de meu pai ao perceber que eu não havia adorado os brincos, mas mesmo assim ele continuou.

– Esta é a parte *mais* interessante, querida. Dizem que o tesouro tinha sido amaldiçoado por sacerdotisas sórdidas, fadas más ou algo assim. Dá para imaginar? – Tentei me animar com a história supostamente mágica do presente. Tentei mesmo. Mas estava desapontada demais com os brincos sem graça. Não era como se *eu* estivesse no navio pirata vivendo a aventura. Eu teria preferido isso, para ser sincera.

– Então você me comprou brincos amaldiçoados?

Meu pai riu.

– Bem, é claro que não são realmente amaldiçoados, Cruella. Não existe essa coisa de maldição, não de verdade. Mas você gostou tanto do livro de contos de fadas que lhe dei que achei que fosse gostar da história. A srta. Pricket e você não estão sempre lendo sobre aquela princesa aventureira, como é mesmo o nome dela?

– Princesa Tulipa – respondi.

– Isso, é esse o nome. Sei que adora as histórias dela, então quando fiquei sabendo dos brincos... bem, tive que comprá-los para você. – Ele suspirou. – Ainda que custassem uma fortuna.

Uma fortuna? Ah! Por que não havia dito logo? Bem, *agora* era outra história. Contemplei os brincos outra vez, avaliando-os, e decidi que gostava deles. Não, decidi que os *adorava*! E repreendi a mim mesma por ter achado que papai não me amava.

CRUELLA

— Adorei os brincos, papai! Obrigada! — falei, enlaçando o pescoço dele em um abraço. Seu sorriso murchou um pouco. Não entendi o motivo.

— Você consegue ser igualzinha à sua mãe, Cruella — ele disse.

E achei que aquele era o melhor elogio que ele já me fizera.

CAPÍTULO II

A ÚLTIMA DE VIL

O tempo voa, queridos! Não podemos viver no passado para sempre. Mas é exatamente isso que estou fazendo ao contar minha história, não é? Este capítulo é difícil para mim, meus amores. Avançamos cinco anos no tempo, para o verão dos meus dezesseis anos, quando minha vida mudou para sempre, de muitas maneiras inimagináveis.

Nas semanas anteriores e posteriores à morte de meu pai, Anita foi minha única companhia. Mamãe estava fora, visitando a irmã, quando papai adoeceu, e passamos dias terríveis tentando contatá-la para avisar que deveria voltar para casa... A srta. Pricket também estava fora, cuidando da tia doente. Não sei o que eu teria feito se Anita não tivesse ficado ao meu lado naqueles dias sombrios.

Ele adoeceu de repente, sem aviso. O sorriso de Clark Gable de meu pai sumiu e seus olhos brilhantes se apagaram. Ele não era mais o homem que eu conhecia, o homem que se sentava comigo à noite antes de dormir e que me trazia livros de contos de fadas e aventuras, ou brincos de jade de valor inestimável vindos de terras encantadas. O homem que dançava comigo pelo quarto e que me fazia rir nos momentos mais inoportunos. Ele era apenas a sombra de si mesmo, e eu tinha medo de vê-lo daquele jeito. O médico disse que o coração dele estava fraco, e o meu se partiu ao vê-lo tão frágil e tão pálido. Eu queria me lembrar dele forte, sorridente e engraçado.

Eu me sobressaltei quando o médico finalmente saiu do quarto de papai. Ele baixou os olhos, e foi então que me disse.

– Sinto muito, Cruella – falou.

Fiquei parada do lado de fora do quarto pelo que pareceu ser uma eternidade depois que o médico se foi. Depois que ele me contou que meu pai morreria logo. Eu não entendia. E não conseguia encará-lo. Não podia deixar que ele percebesse o pesar em meu rosto. Eu queria parecer forte para ele, mas não conseguia.

Então Anita surgiu, feito um anjo. Desde pequena, ela sempre me pareceu angelical, com seus traços delicados, cabelos claros e narizinho arrebitado. Se não a conhecesse, pensaria que ela era uma dama. Uma dama *de verdade.* E, para mim, ela era. As únicas coisas que a denunciavam eram seu ar estudioso e suas roupas formais e eficientes. Anita não gostava de frufrus. Ela se vestia sobriamente, mas ainda assim conseguia parecer estilosa em sua saia godê simples azul-clara, combinada com uma blusa rosa. Ela estivera na cozinha, com os criados, providenciando a refeição noturna, assumindo o lugar de minha mãe para que eu pudesse me concentrar em meu pai.

— Cruella, o que está fazendo? Você está bem? – ela perguntou. Anita cuidava de todos. Não apenas dos criados, ao mantê-los informados e ao tranquilizá-los, mas também de mim. Não sei como ela conseguia fazer tudo aquilo.

— O médico acabou de sair, Anita. Ele disse... – Ela pôs a mão no meu braço, gentilmente. Ela sabia que eu estava prestes a chorar.

— Eu sei, Cruella. Ele me disse – ela falou, tentando não chorar também. – Você deve estar arrasada. Como o seu pai está? Ele dormiu?

— Não entrei no quarto depois que o médico saiu. Não consigo, Anita. Não posso encará-lo. – Eu tinha muito medo de ver meu pai tão debilitado. Talvez, se mamãe estivesse em casa, eu teria sido mais corajosa, mas não tinha coragem de me despedir dele. Eu não conseguia aceitar que ele estava realmente nos deixando.

— É claro que consegue, Cruella. Você precisa fazer isso – Anita disse, apertando meu braço delicadamente. – Ele a ama tanto, Cruella. E sei que você o ama.

— Gostaria que mamãe estivesse aqui. Jackson tentou contatá-la outra vez? Ela ficará arrasada se... – Anita deu um sorriso débil. Ela sabia que minha mãe seria consumida pela dor se não conseguisse se despedir.

— Ah, Cruella, eu sei. Mas mesmo que ele tenha conseguido falar com ela, não acho que ela consiga voltar a tempo. Pelo menos, foi isso que o médico deu a entender. Receio que ele teria dito isso. Mas, Cruella, você tem que ter coragem. Você é a garota mais forte que conheço, e tem que ser forte pelo seu pai. Sua mãe não está aqui, e ele precisa de você. – Ela segurou minha mão com delicadeza, mas pude sentir sua força mesmo em um toque leve. Eu achava que ela era a pessoa mais forte que eu conhecia, depois de mamãe. De que outro modo ela poderia suportar a vida que levava, entre dois mundos, sem pertencer à criadagem lá embaixo nem à família no andar de cima? De que outro modo ela teria sido capaz de assumir o lugar de minha mãe e me ajudado a enfrentar a doença de meu pai? A meu ver, ela era minha família. – Agora vá, Cruella. Dê um beijo em seu pai antes que seja tarde demais. Diga que o ama. Diga a ele tudo que sempre quis que ele soubesse. Deixe que leve suas palavras doces com ele para um lugar que você não pode ir junto. – Eu queria muito chorar. As palavras de Anita me tocaram profundamente. Mas eu precisava ser forte por meu pobre pai. Eu precisava ter coragem.

O quarto dele estava escuro e abafado. Não era um lugar para um homem tão incrível passar suas horas finais. Com aquela luz fraca, eu mal conseguia vê-lo dormindo em sua cama quando entrei no cômodo. A enfermeira estava sentada em uma poltrona próxima, cochilando. Um discreto raio de luz entrava por uma fresta entre as cortinas e refletia em seu uniforme branco. Ela acordou assustada quando abri as cortinas, enchendo o quarto de luz.

– Srta. Cruella! O que está fazendo? Vai acordar seu pai! – A enfermeira sonolenta piscou diante da luz forte, fazendo cara feia.

– Este lugar está deprimente – comentei, olhando à minha volta. – Por que não faz algo de útil e busca aquele toca-discos pequeno no escritório de meu pai? – A enfermeira pareceu chocada com o meu tom. Até eu fiquei um pouco chocada, para dizer a verdade. Simplesmente saiu de mim, do nada. Mas eu tinha um plano.

– O que disse? – Foi tudo o que a enfermeira conseguiu balbuciar, piscando sem parar e protegendo os olhos da luz solar que agora invadia o quarto.

– Preste atenção – falei resumidamente. – Vá até o escritório de meu pai, pegue o toca-discos pequeno e traga-o para cá. Não vou falar de novo – eu disse bem devagar para que a enfermeira imbecil entendesse. Mas ela continuou olhando para mim, confusa.

– Sou paga para ser enfermeira, srta. Cruella. Não criada. – A enfermeira baixinha e arrogante não estava disposta a tolerar mais aquilo. Eu tampouco estava.

– Entendo. Bem, duvido que estejamos pagando você para dormir no horário de trabalho! Então, se não consegue ser útil e buscar o toca-discos, suponho que tenhamos que dispensá-la. Você é quem sabe. Pode fazer algo de útil ou ir embora. É muito simples. – A mulher saiu do quarto, e eu toquei a sineta para chamar os criados, porque não tinha certeza se ela voltaria com o toca-discos ou não.

– Cruella, o que está fazendo? Causando problemas e gerando o caos como sempre? – Era meu pai. Minha pequena rusga com a enfermeira o havia acordado. Ele parecia tão pequeno naquela cama. A cena partiu meu coração.

– Papai! Desculpe-me por tê-lo acordado. – E então eu vi seu sorriso travesso. Meu pai ainda estava ali. Ainda não havia desaparecido por completo. — Ah, papai! Deixe-me ajudá-lo. — Fui até a cama para ajudá-lo a se sentar e então Jackson entrou no quarto.

— Srta. Cruella, deixe-me fazer isso — ele disse, ajudando meu pai a se sentar na cama e colocando travesseiros atrás de sua cabeça.

— Pronto. Não está melhor assim, papai? A sra. Baddeley está preparando algo especial para você na cozinha.

— Obrigado, querida — ele respondeu com seu sorriso doce e divertido.

— Srta. Cruella. — Uma voz tímida veio da porta. — Pediu à enfermeira que trouxesse o toca-discos de seu pai para cá? — Nossa criada Paulie estava parada na soleira segurando o toca-discos, apreensiva.

— Pedi, Paulie. Coloque ali na cômoda e diga à sra. Baddeley que meu pai está pronto para tomar café da manhã.

— Sim, srta. Cruella. — Ela colocou o toca-discos na cômoda, como eu havia pedido, e então parou. — Espero que não se importe de eu dizer isso, mas a enfermeira está fazendo um estardalhaço na porta de entrada. Acho que ela está indo embora. — Antes que eu pudesse dizer que estava feliz por aquela enfermeira horrível ir embora, Paulie deixou o quarto de maneira apressada.

Jackson pigarreou.

— Lorde De Vil, posso fazer mais alguma coisa pelo senhor? — O calado, forte e estoico Jackson estava ali parado, mais firme e disposto do que nunca. Ele era a rocha que sustentava nossa família.

— Não, Jackson. Acho que Cruella tem tudo sob controle. — Papai sorriu para mim.

— Obrigada, Jackson — falei. — Pode ir. — Saí pelo quarto abrindo todas as cortinas e liguei o toca-discos. O disco favorito de papai já estava no prato. Era um de seus álbuns de jazz americano, um daqueles que mamãe detestava, então ele costumava ouvi-los quando estava sozinho em seu escritório. — Não podemos deixar você aqui definhando em um quarto escuro e abafado, não é? Precisamos de um pouco de vida aqui. — Papai sorriu novamente e esticou a mão na minha direção.

— Venha cá, Cruella. Sente-se aqui na cama comigo — chamou. Mas eu não queria. Sabia que, se sentasse com ele, eu choraria. Enquanto eu me mantivesse ocupada indo de um lado para o outro do quarto, enquanto eu tivesse algo para fazer, conseguiria manter a compostura. Mas fui até ele mesmo assim e tentei ao máximo evitar que as lágrimas escorressem pelo meu rosto. — Obrigado, minha querida. — Ele estava fraco demais para continuar falando. Dava para ver que fazia um grande esforço para permanecer sentado, mas o que eu queria mais que tudo naquele instante era dançar com ele sua música predileta.

— Gostaria de poder dançar com você, papai. Uma última vez.
Ele riu.

— Como costumávamos dançar no seu quarto? Eu adoraria, meu amor. Sinto muito por não poder estar aqui para dançar com você no seu casamento.

— Não vou me casar, papai — falei, mas percebi que ele não acreditava em mim.

CRUELLA

— Não agora, minha Cruella, mas um dia você se casará. E eu só gostaria de estar aqui para ver. — Não consegui mais segurar as lágrimas. — Não chore, minha menina. Vamos lá, ajude-me a ficar em pé, minha garota forte. Vamos dançar.

— Papai, não! Você não pode.

— Sou mais teimoso do que você, minha menina. A quem você acha que puxou? Agora me ajude. Quero dançar com minha filha.

E então dançamos, como deveríamos dançar no meu casamento, rodopiando em círculos lentos e gingando para a frente e para trás até ele não aguentar mais ficar em pé. Quando eu estava prestes a ajudá-lo a voltar para a cama, a enfermeira irrompeu no quarto.

— O que significa isso? Lorde De Vil, insisto que volte para a cama. O que tem na cabeça, srta. Cruella? É muita irresponsabilidade de sua parte. Está colocando a vida de seu pai em risco! — Olhei feio para ela. Naquele instante, não havia ninguém no mundo que eu odiasse mais. Eu sentia meu corpo se encher de raiva.

— Vamos, papai. Vamos voltar para a cama. Preciso ter uma palavrinha com a enfermeira. — Depois de ajudar meu pai a se acomodar, peguei aquela garota horrível pelo braço e a levei para o corredor. — Achei que tivesse ido embora. Como ousa falar comigo daquele jeito? Sou uma dama. Quero que você deixe esta casa imediatamente!

— Eu não vou embora. O bem-estar de seu pai é responsabilidade minha.

— Estou cuidando de meu pai. Você está dispensada! Agora vá!

— Cuidando dele… Essa é boa! Abrindo as cortinas, tocando música alta e dançando… com o coração dele fraco desse jeito! Você vai mandá-lo para o túmulo assim.

— Ele já estava indo. Quero que ele parta com alegria. Não entediado e triste, tendo que olhar para essa sua cara emburrada. Agora, vá embora! — E lá foi ela, reclamando enquanto se afastava, feito a idiota que era. Senti alívio ao vê-la partir.

Quando eu estava prestes a retornar para o quarto de meu pai, achei ter ouvido a voz de minha mãe lá embaixo, na entrada. Corri para o patamar para ver se era mesmo ela. Eu já havia perdido a esperança de que ela chegasse antes de papai morrer.

— Mamãe! Aqui em cima. Venha, rápido! — falei lá do patamar para ela, no andar de baixo. Ela olhou para mim, surpresa, desviando sua atenção brevemente da maldita enfermeira, que gesticulava zangada. A expressão de surpresa de minha mãe mudou para cólera quando ela olhou para mim, e me senti mal.

Ela disparou escada acima. Eu nunca a tinha visto correr, em toda a minha vida. Ela era uma mistura de pânico e raiva.

— Cruella! Que história é essa de você causar rebuliço no quarto de seu pai doente? E ainda forçá-lo a dançar? Mal posso olhar para você! Vá para o seu quarto e fique lá até eu mandá-la sair. — Eu só assenti, em choque, sem me mover. — Cruella, vá agora ou vou lhe dar uns tapas. — E ela me empurrou ao passar por mim a caminho do quarto de papai. Não ousei ir atrás dela. Sabia que ela cumpriria a ameaça. Eu não sabia ao certo o que a desgraçada da enfermeira havia lhe dito, mas imaginava que não tinha falado muito bem de mim. Ouvi a música parar de repente no quarto de meu pai com o som horrível da agulha riscando o disco. E então ouvi minha mãe gritar.

Papai havia morrido, e eu tinha certeza que minha mãe me culpava.

⚜ ⚜ ⚜ ⚜

Minha mãe decidiu viajar pelo mundo depois da leitura do testamento de meu pai, e eu não a culpei. Ela estava arrasada. A morte dele tinha sido totalmente inesperada. Para minha mãe, um dia ele estava conosco e no outro havia morrido. Ela nem conseguiu se despedir. Quando terminou de me repreender por todas as mentiras odiosas que a enfermeira lhe contara, meu pai já havia partido deste mundo discretamente. Minha mãe ficou em choque, e eu também. Era estranho viver em um mundo sem papai. Eu sentia falta de suas visitas noturnas e de nossas conversas, e, principalmente, sentia falta de sua risada.

E de seu sorriso. Ah, como eu sentia falta de seu sorriso travesso. Devo ter passado uma hora sentada diante da minha penteadeira tentando decidir se queria usar no funeral de papai os brincos de jade que ele me havia dado. Imaginei que me ver com os brincos o faria sorrir. Mas quando os coloquei tive uma sensação estranha. Provavelmente era coisa da minha cabeça, mas os brincos fizeram eu me sentir esquisita, como se não fosse mais eu mesma. E eu já não vinha me sentindo muito bem, tentando me acostumar a viver em um mundo novo sem papai. Por fim, decidi que não os usaria.

Nosso advogado veio à noite, depois do funeral de papai, para ler o testamento. Ele era um homenzinho engraçado, o Sir Huntley. Tinha o rosto redondo e usava óculos redondos e pequenos, e sua papada balançava quando ele falava. Sentamo--nos na sala matinal e o observamos revirar seus papéis até finalmente encontrar aqueles que procurava. Ele então pigarreou e começou a leitura.

— "Eu, Lorde De Vil, em plena posse de minhas faculdades mentais..."

Minha mãe interrompeu Sir Huntley.

— Por favor, Sir Huntley. Se não se importa, vá logo ao que interessa.

Sir Huntley pigarreou outra vez e revirou os papéis um pouco mais.

— Muito bem, Lady De Vil. Se prefere assim. Seu marido, Lorde De Vil, deixou toda a sua fortuna em fideicomisso à sua filha, da qual sou executor testamentário até que complete vinte e um anos. — Parecia que o homem ia explodir de nervoso. Ou talvez ele temesse que minha mãe explodisse de raiva. Dava para ver em seu rosto que ele esperava algum tipo de chilique. Algum tipo de drama. Mas minha mãe estava, pelo menos naquele momento, contendo sua indignação. Ela permaneceu sentada, fitando-o em silêncio. Não sei se ela estava assim por causa do choque ou se não acreditava. — Lady De Vil, ouviu o que eu disse? — E então aconteceu. A explosão que ele esperava.

— É claro que ouvi. E o que vou fazer? O que devo fazer? Como vou viver? Pode me dizer? – Minha mãe assustou tanto o homem que sua papada tremeu outra vez, mas ele prosseguiu bravamente.

— Lorde De Vil dispôs a seu respeito neste testamento. A senhora receberá um valor anual pelo resto da vida.

— E a casa, os bens? – mamãe perguntou. Ela se levantou de modo ágil e teatral, fazendo com que o pobre advogado se encolhesse em sua cadeira feito uma toupeira desconfiada e assustada.

— Também foram deixados para a srta. Cruella e não podem ser tocados, assim como o dinheiro – ele respondeu, com as mãos trêmulas.

Ela arremessou seu copo, que se espatifou no chão. Sir Huntley parecia horrorizado. Juro que, se pudesse, ele teria afundado na cadeira até desaparecer.

— Se isso é tudo – ela disse com arrogância –, está dispensado, Sir Huntley. – Mamãe estava irritada. Mais irritada que nunca. Mas o homenzinho engraçado metido em um terno de tweed nem se moveu. Ele não pegou a deixa para ir embora nem quando ela se levantou.

— Desculpe, Lady De Vil, mas receio que a srta. Cruella deva ser informada de certas condições antes que eu me vá – ele afirmou, parecendo ainda mais desconfortável com aquela demonstração incomum e inesperada de emoção.

— Bem, como nenhum de vocês precisa mais de mim, eu peço licença para me retirar – mamãe disse, saindo enfurecida. E então fiquei sozinha, encarando um homem que parecia mais um buldogue em um terno de tweed do que um advogado, quando tudo que eu queria fazer era correr atrás de minha pobre mãe.

Sir Huntley revirou seus papéis, totalmente constrangido, por mais alguns instantes antes de quebrar o silêncio.

— Sem dúvida sua mãe está passando por um enorme estresse — ele disse, tentando arranjar uma desculpa para o comportamento dela. — Seu pai queria deixar bem claras as condições do testamento. Ele quer que você mantenha o sobrenome De Vil, mesmo depois de se casar. Você é a última dos De Vil. E, como não há herdeiro do sexo masculino, cabe a você transmitir o nome da família para futuras gerações. — Concordei depressa, ansiosa para buscar minha mãe e consolá-la, ansiosa para lhe dizer que eu estava de seu lado, ansiosa para ver se ela havia me perdoado por todas as coisas terríveis que aquela enfermeira arrogante lhe falara. Mas a toupeira de óculos continuou falando. — Para deixar claro, srta. Cruella, caso você se case e adote o sobrenome do seu marido, a fortuna passará para a sua mãe.

— Entendo o que manter o sobrenome da família quer dizer, Sir Huntley. — O homem olhou para mim com desconfiança.

— Seu pai receava que você não fosse receber o cuidado devido se a fortuna ficasse com Lady De Vil — completou, mais uma vez remexendo nos papéis de nervoso.

— Entendo, Sir Huntley. De verdade. Não pretendo me casar com ninguém. Mas, se por algum motivo eu perder o juízo e decidir me casar, prometo manter o sobrenome de meu pai. —

CRUELLA

O homem pigarreou de novo, obviamente nervoso, indicando que ainda tinha mais informações a transmitir.

— Diz isso agora, srta. Cruella. Mas um dia conhecerá alguém que a fará mudar de ideia. — Sir Huntley estava certo, mas nenhum de nós sabia disso ainda.

— Teria que ser um homem extraordinário para me fazer mudar de ideia, Sir Huntley. Alguém que queira da vida as mesmas coisas que eu. Alguém disposto a aceitar minha independência, disposto a adotar o sobrenome de meu pai. Alguém como o meu pai. Mas duvido que eu conheça um homem desses um dia, e, se conhecer, eu lhe garanto, Sir Huntley, que manterei o sobrenome do meu pai. É o mínimo que posso fazer por um homem tão incrível. — Sir Huntley pareceu aliviado, mas ainda sem qualquer intenção de me deixar ir atrás de minha mãe para verificar se estava tudo bem entre nós. Eu queria desesperadamente vê-la antes que ela partisse para sua viagem.

— Ele também lhe deixou uma mensagem, srta. Cruella. É bem íntima, mas creio que você entenderá o que ele quis dizer. — Ele pigarreou e prosseguiu. — Ele disse para encontrar alguém que seja digno de você. Disse que você deve encontrar alguém que lhe trate feito uma joia, não que lhe dê joias. Alguém que demonstre seu amor com palavras e ações, não comprando presentes.

— Obrigada, Sir Huntley. Creio que entendi — falei. Eu me levantei para indicar que era hora de ele ir embora. Sir Huntley era um homem que sabia interpretar os sinais em ambientes sociais, e seu trabalho estava feito. Pelo menos naquele dia.

50

Sir Huntley e eu nos despedimos na porta principal, e Jackson o acompanhou até o lado de fora. Eu estava louca para subir e ver minha mãe. Mas, quando me virei para a escada, encontrei Anita descendo os degraus.

– Cruella, como você está? Vamos subir para o seu quarto. Você deve estar exausta. Quer que eu mande preparar um chá para você? – Anita estava sempre ao meu lado. Sempre tão doce.

– Obrigada, Anita. Mas preciso ver como minha mãe está.

Lá da porta, Jackson pigarreou.

– Srta. Cruella – ele disse –, sua mãe já partiu para a viagem dela. Sei que ficou triste por não poder se despedir pessoalmente. – Eu estava confusa, mas dizer isso mostraria que eu não sabia o que se passava em minha própria casa. Eu não queria perder a compostura. Mas imagino que Jackson tenha percebido a surpresa em meu rosto. Ele conhecia as regras, e agiu como se eu soubesse dos planos da minha mãe, embora não fosse verdade. – A viagem ao redor do mundo, senhorita. Sem dúvida sua mãe lhe falou a respeito, você só deve ter se esquecido por causa dos eventos recentes. Ela pediu para lhe informar que estará de volta no fim do verão, bem a tempo de vê-la partir para o internato.

– Ah, sim. A viagem É claro. – Minha mente girava. Ela estivera comigo na sala matinal alguns minutos atrás. – Mas... as coisas dela... Como fez as malas tão depressa? – perguntei.

– Os baús dela já estavam prontos e guardados no carro – Jackson replicou. *Já estavam prontos.* Ela deve tê-los preparado assim que papai morreu. E não me contou nada. Apenas partiu sem se despedir.

Anita segurou minha mão com delicadeza. E, embora eu tivesse a sensação de que meu mundo estava desabando, de algum modo, aquilo me deu forças para seguir em frente.

Lembro-me de ter dito algo do tipo: "Entendi. Muito bem, Jackson. A srta. Anita e eu comeremos na sala de jantar hoje" ou coisa parecida. Eu era a dona da casa, afinal – ou pelo menos até minha mãe retornar, e precisava começar a agir como tal.

CAPÍTULO III

A PARTIDA

A viagem de mamãe durou todo o verão que antecedeu minha partida para a escola de etiqueta. Ela escreveu apenas para acertar detalhes sobre o início do ano letivo para mim e para Anita. Em retrospecto, acho que ela estava brava comigo por eu ter estado com papai em seus minutos finais, ao contrário dela. Acredito que esse era o motivo real de sua raiva, não as mentiras que aquela enfermeira idiota lhe contara. Penso que ela ficou magoada e decepcionada por não ter tido a chance de se despedir. E acho que ela ficou magoada por papai ter deixado tudo para mim. Sinceramente, eu não a culpava. Eu teria feito de tudo para acertar a situação entre nós, mas era impossível fazer isso com ela longe.

Ainda bem que Anita existia. Ainda bem que ela iria comigo para a escola e que eu não precisava ir sozinha. Eu nunca tinha estado em uma escola de verdade, só havia tido aulas com a srta. Pricket em casa. Não que a escola de etiqueta fosse uma escola *de verdade*. Não mesmo. Era só para me ensinar como me comportar como uma dama, e isso eu já sabia, graças ao treinamento meticuloso de mamãe. É claro que havia uma série de cursos à nossa disposição, como de literatura, francês, artes etc., mas o foco principal seria em como nos comportarmos de maneira apropriada em diversas situações sociais. Pelo menos era esse o meu entendimento geral das coisas, com base no que eu tinha escutado das filhas das mulheres do círculo social de minha mãe; elas frequentavam essas escolas por um ano ou mais, dependendo de quanto tempo suas mães as queriam longe antes de serem apresentadas à sociedade. Ainda bem que a srta. Pricket estava voltando para casa. Ela esclareceria tudo e cuidaria de todos os detalhes para mim.

Sinceramente, a ideia de escola, com todas as coisas para as quais ela deveria me preparar na vida, parecia-me terrivelmente enfadonha, então fiquei felicíssima quando soube que Anita me acompanharia. Em uma das cartas que enviei para minha mãe, insisti que ela desse essa sugestão ao tutor de Anita. Lembro-me da mensagem que recebi em resposta. Tão fria e impessoal. Mas o que mais me incomodou foi ela não ter enviado nenhum presente enquanto estava fora. Nada durante toda a viagem. Não era do feitio dela. Foi assim que eu soube que ela não me amava mais. E eu não fazia ideia de como poderia fazê-la feliz outra vez.

Mas eu era jovem e estava ocupada com a perspectiva de ir para a escola com minha melhor amiga. Anita e eu decidimos que aproveitaríamos ao máximo aquela oportunidade. O verão passou num piscar de olhos. A escola enviou uma lista de tudo que eu deveria levar. Roupas foram escolhidas, baús foram preenchidos e a sra. Baddeley tinha a intenção de preparar compotas e outras guloseimas para que eu as levasse comigo. Anita e eu tínhamos a sensação de estarmos nos preparando para uma grande aventura.

Anita se adaptou perfeitamente à rotina da minha casa. Ela estava praticamente morando comigo naquela época. Ficava para dormir quase todas as noites. Os criados a adoravam. Ela realmente se interessava pelas histórias da sra. Baddeley e impressionava a srta. Pricket com suas leituras incessantes e com a facilidade com que aprendia francês. Para mim, ela era mais do que uma melhor amiga. Ela era minha família. Ela não falava sem parar sobre minha mãe, como a srta. Pricket fazia, sempre me garantindo de que ela me amava, mas me confortava de outras maneiras. Acalmava meus temores sobre o futuro e levantava-se para fazer chá para mim quando eu tinha sonhos terríveis com papai. Eu não teria sobrevivido àquele verão se não fosse por ela.

Enquanto contávamos os dias para o fim do verão e aguardávamos o início da nossa aventura, fazíamos tudo o que achávamos que não poderíamos fazer mais quando nos transformássemos em jovens damas. Coisas que apenas garotinhas podiam fazer. Todo dia escolhíamos algo que adorávamos fazer quando crianças: tomávamos chá com minhas bonecas, entrávamos sorrateiramente na cozinha e roubávamos tortas quando a sra. Baddeley não estava olhando, nos vestíamos como os personagens de nossas histórias favoritas e encenávamos uma peça para a srta. Pricket e os criados. Mas meus momentos prediletos daquele verão foram as vezes que ficamos acordadas até tarde, lendo os contos de fadas do livro que papai me havia dado. Na noite anterior à nossa partida para a escola, ficamos acordadas até bem depois da hora de dormir, lendo juntas e imaginando nossos próprios contos de fadas.

— Acho que não precisaremos abrir mão de nossos contos de fadas e histórias de aventuras — disse Anita.

— Concordo! Acho que jamais abrirei mão delas, nem quando for velhinha — respondi. — As minhas preferidas são as histórias da Princesa Tulipa — acrescentei, sonhadora, com a cabeça meio no nosso mundo, meio no mundo em que a Princesa Tulipa vivia. — Ela é tão corajosa e sincera! Ela não tem medo de nada, nem de ninguém, nem de dizer o que pensa.

— Mas ela nem sempre foi assim — Anita ponderou. — Lembra-se da história sobre ela e o Príncipe Fera? Ela era diferente naquela época. — Anita tinha razão. Ela *tinha sido* bem diferente antes, mas, para mim, era isso que tornava Tulipa tão incrível. Ela começara como uma princesa sem graça e se transformara em uma mulher incrivelmente destemida e ousada. — Minhas histórias prediletas são posteriores à Grande Guerra, quando ela ajudou Oberon e os Senhores das Árvores — Anita continuou, de olhos arregalados. — O jeito como ela foi até os Gigantes de Pedra sozinha e os convenceu a ajudar os Senhores das Árvores a lutar contra o dragão da Fada das Trevas foi fascinante e inspirador.

— Sim, foi sensacional! — concordei. — Mas tive pena da Fada das Trevas. Não acredito que aquelas bruxas a trouxeram de volta à vida.

— Ah, deixe-me adivinhar, você está falando de Circe e Tulipa outra vez. — Era a srta. Pricket, que estava parada na soleira da porta. — Cruella, preciso que você termine de arrumar os pertences que deseja levar para a escola. Anita já terminou de fazer as malas e os baús dela já estão lá embaixo. Gostaria de ver os seus lá também até o fim da noite.

Por mais empolgada que eu estivesse para começar aquela aventura com Anita, sair de casa me deixava realmente nervosa. Eu havia acabado de perder meu pai e, ao que tudo indicava, parecia que tinha perdido minha mãe também. Eu queria adiar minha partida ao máximo.

— Tudo bem, srta. Pricket — eu disse naquele tom monótono de aluna. — Sinto muito por não ser tão perfeita quanto Anita. — Anita riu.

— Ah, Cruella. Não sou perfeita. É que mal posso esperar para partir! Estou tão animada! — Anita disse, corando.

— Também estou animada — falei. — Mas talvez um pouco nervosa.

Anita pôs sua mão sobre a minha.

— É claro que está nervosa. Está deixando sua casa pela primeira vez.

— Como sentirei falta de sua natureza doce, Anita — disse a srta. Pricket, sorrindo para nós duas.

— Srta. Pricket — falei, mudando de assunto. — Acha que as outras garotas gostarão de nós? Como pensa que elas serão?

— Acho que serão como você e a srta. Anita. Embora talvez não tão interessadas em contos de fadas, pelo menos não do tipo que vocês gostam, e não serão tão espertas e bonitas quanto vocês, aposto.

— Então não serão nada parecidas conosco — falei, rindo.

— Ah, Cruella, pare — Anita me repreendeu com delicadeza. — Tenho certeza de que gostaremos das garotas da escola. Será a nossa grande aventura, lembra? Srta. Pricket, você conheceu a diretora. Como ela é? — Só mesmo Anita para fazer uma pergunta sensata.

— É do tipo matrona. Muito austera e séria. É melhor vocês duas se comportarem bem perto dela! — Tudo que a srta. Pricket dizia naquela noite nos fazia cair na gargalhada. E era contagiante, porque logo a srta. Pricket também estava rindo. Era por causa de Anita. Ela conseguia suavizar meus comentários sarcásticos e encantar a srta. Pricket a ponto de fazê-la rir.

— E como são as outras garotas? Você as viu? Eram todas terrivelmente esnobes? — perguntei.

A srta. Pricket só riu.

— Terá que ver com seus próprios olhos quando chegar lá, Cruella. Por favor, termine de separar as coisas que quer que eu coloque em sua mala, ou levarei Anita para outro cômodo para que você não se distraia. Não se esqueça de que sua mãe chega amanhã cedo para vê-la partir para a escola.

— Sim, srta. Pricket. Prometemos nos dedicar totalmente às nossas tarefas — respondi, rindo, enquanto ela deixava o quarto. Quando ela saiu, virei para Anita e disse: — *Eu* estou curiosa sobre as outras garotas. Você não está, Anita? E sobre os professores. Minha nossa, aposto que serão um bando de intermediários presunçosos.

– O que é um intermediário? – Anita perguntou. Senti vergonha. Eu estava em um estado de espírito tão jovial e irreverente que deixei aquilo escapar. Anita não sabia dos apelidos que eu dava às pessoas.

– Bem – falei devagar –, a srta. Pricket é uma intermediária. Ela não pertence à classe dos criados, mas também não é exatamente aceita em círculos sociais mais elevados. Ela fica ali no meio... É uma intermediária. – Vi a mágoa no rosto de Anita quando ela se deu conta do conceito.

– Como eu – ela disse.

– Não, Anita! Você é diferente dos outros intermediários, você é melhor! – falei, tentando fazê-la entender.

– Mas você ama a srta. Pricket, não? Apesar de ela ser, como você diz, uma intermediária?

Pensei a respeito.

– Acho que sim, do meu jeito. Mas não como amo você. Você é diferente, Anita. A srta. Pricket é minha empregada. Você é minha amiga. Você é minha *melhor* amiga e, portanto, associada aos mais elevados círculos sociais. Ninguém na escola desprezará você, nem mesmo a mais esnobe das garotas ousará fazer isso.

– Sabe que não me importo com essas coisas, Cruella. Não me importa o que aquelas garotas pensem de mim.

– Bem – falei com um sorriso –, farei com que pensem só o melhor de você, Anita. Você é muito mais que uma intermediária. – Eu me levantei, lembrando de algo que queria levar, e fui até meu porta-joias.

— O que é isso? — Anita perguntou quando tirei uma caixinha do porta-joias.

— Brincos antigos que meu pai me deu. O que acha deles? — perguntei, segurando-os diante das orelhas. — Parecem muito brincos de velhinha ou combinarão perfeitamente com os de todas as esnobes da escola de etiqueta?

— Ah, eu os acho lindos. E foi seu pai quem lhe deu. Deveria usá-los, Cruella, de verdade — ela sugeriu ao me entregar a caixa com um olhar triste. Querida e doce Anita. Sempre tão amável, atenciosa e sentimental.

— Quase os usei no funeral de papai. Para ser honesta, eu havia quase me esquecido deles até aquele dia, mas não consegui usá-los.

— Por que, Cruella?

— Não sei, tive uma sensação muito estranha ao segurá-los. Uma espécie de presságio esquisito de que jamais seria feliz outra vez. E lembrei da história que meu pai contou sobre os brincos. Que são amaldiçoados. — Um calafrio desceu pela minha espinha e os pelos dos meus braços se arrepiaram. Anita engoliu em seco, nervosa.

— Não acredita *mesmo* que são amaldiçoados, não é? Tenho certeza de que você só estava triste pela morte de seu pai. Acho que deveria levá-los e usá-los na escola. Será uma bela forma de se lembrar dele. — Anita era tão meiga que senti o calafrio passar e o ambiente se encheu de calor novamente.

— Tem razão. Estou sendo boba. Vou colocá-los agora mesmo. — Mas, quando os levei até as orelhas, aconteceu de novo.

Aquela sensação de estar condenada. Eu não conseguia me livrar dela.

– Cruella, você está bem? – Anita perguntou. Não consegui responder. Eu não sabia. Talvez fossem os meus nervos. Tudo na minha vida estava prestes a mudar.

– Está apreensiva por ir embora de casa? Nervosa por encontrar sua mãe amanhã? – Anita perguntou. Sinceramente, eu não sabia dizer. Mas aquela sensação estranha continuou comigo pelo resto da noite. Invadiu meu sono, encheu meus sonhos de piratas, mundos mágicos sobrenaturais e uma floresta sombria iluminada por velas.

⚜ ⚜ ⚜ ⚜

Na manhã seguinte, meus baús estavam feitos e me aguardavam junto aos de Anita e aos da srta. Pricket, empilhados na entrada, ao pé da enorme escadaria. Eu estava muito feliz por Anita ir comigo para a escola, e também pela srta. Pricket nos acompanhar até que nos adaptássemos à escola. Ela ficaria lá por quinze dias.

Todas nós estávamos apreensivas enquanto esperávamos pela chegada da minha mãe.

Temos que partir logo, srta. Cruella. Não podemos perder o trem – disse a srta. Pricket, como se eu não soubesse daquilo. Sem dúvida, eu não sentiria falta do seu talento de falar o óbvio. Jackson pigarreou e deu batidinhas no vidro do seu relógio de bolso para indicar que concordava com ela. Eu estava sinceramente ansiosa para ver minha mãe, e a impaciência da

CRUELLA

srta. Pricket e de Jackson só estava me irritando. Eu me virei para Anita.

— Anita, como eu estou?

Ela sorriu, e um pouco do meu nervosismo passou.

— Você está linda, Cruella, como sempre.

Eu queria estar perfeita para mamãe. Eu tinha colocado um dos meus melhores vestidos de viagem, o que era de sua cor preferida, rosa envelhecido, e estava usando os brincos de jade que papai me dera. Eu mal acreditava que a veria depois de tanto tempo. E bem antes da minha partida para a escola.

— Estou vendo um carro. Deve ser ela — Jackson anunciou, saindo para recepcionar minha mãe. Mas quando voltou, ela não estava com ele. Em vez disso, havia uma legião de criados de libré atrás dele, todos carregando caixas. Os criados empilharam os pacotes sobre a mesa redonda no centro do hall de entrada, onde o vaso de flores estava no lugar de sempre. Jackson sinalizou para que uma das criadas que estavam por ali ajudasse os homens com as caixas que ameaçava desabar. — Paulie, ajude com aqueles pacotes, sim? — Eu estava perplexa. E, naquele instante, eu soube. Ela não viria.

— Srta. Cruella, todos esses pacotes têm o seu nome — Paulie disse. — Vou embalá-los e mandá-los para a escola para que possa abri-los lá. Mas parece que sua mãe gostaria que você já levasse este consigo — ela falou carregando uma caixa branca bem grande com um laço vermelho. Paulie segurava a caixa enquanto eu removia a tampa, revelando o casaco de pele mais magnífico que eu já vira. Era comprido e branco com a gola preta, exatamente como aquele que ela me dera quando eu era pequena, mas de algum modo ainda mais bonito. Na caixa, havia um cartãozinho em que se lia apenas: *Destaque-se.*

– Ah, Cruella, é lindo – elogiou Anita, sem um pingo da inveja ou tristeza que a srta. Pricket geralmente demonstrava.

– Srta. Cruella – disse a srta. Pricket, em um tom que, pela primeira vez, deixava claro seu desdém por minha mãe. – Não precisará disso na escola. Deixe aqui, onde estará seguro. – Eu raramente desobedecia a srta. Pricket, afinal ela era minha babá e a responsável por mim, sem contar que eu confiava nela. Mas algo em mim mudou de repente e me peguei dizendo com rispidez:

– Minha mãe queria que eu levasse o casaco comigo, então levarei.

– Srta. Cruella, nenhuma das outras garotas levará coisas tão finas – ela disse, mais delicadamente desta vez, mas era tarde demais. Eu tinha notado o seu desprezo. Eu sabia como ela se sentia com relação a mamãe. E eu sabia que ela estava errada.

Eu lhe entreguei o cartão que mamãe colocara na caixa, enfatizando o que ele dizia.

– Minha mãe diz que devo me destacar – falei enquanto Jackson me ajudava a vestir o casaco. – E é isso que pretendo fazer, e com estilo! – Saí porta afora, pronta para embarcar em nossa grande aventura. Eu me sentia corajosa e orgulhosa. Eu estava me destacando. Exatamente como minha mãe.

CAPÍTULO IV

DAMAS BEM-SUCEDIDAS

No início, a escola era tudo que Anita e eu esperávamos que fosse. Era uma mansão tradicional adaptada, com tijolos cobertos por hera, vocês sabem como é... Tinha aquela arquitetura impressionante que se espera encontrar no interior, cercada por colinas ondulantes, bosques e um vasto parque nos fundos do terreno. Era realmente linda.

Anita, é claro, foi atraída por matérias como poesia, literatura clássica e mitologia, enquanto eu preferi aprender sobre classes sociais e os títulos ligados a elas. Nós adorávamos nossas aulas de música e pintura, mas eu detestava francês, enquanto Anita parecia gostar muito dessa matéria, já tendo demonstrado que era muito boa nela nas aulas que tivera em minha casa. Mas o que mais amávamos eram nossas caminhadas diárias pelo parque. Era o momento em que falávamos sobre o nosso dia e fofocávamos sobre as outras garotas e os professores.

Anita gostava mesmo de ficar ao ar livre. Ela podia passar horas sentada, só olhando as árvores ou vendo as folhas flutuando no riacho que descobrimos por acaso em um dos nossos passeios. E ela adorava observar os pássaros e os esquilos. Sinceramente, eu não dava a mínima para a natureza; eu só queria ficar longe de todo mundo. Não suportava ficar trancada com todas aquelas garotas tolas e afetadas que não sabiam falar de outra coisa exceto sobre como seria sua apresentação à sociedade e seu casamento. Aquele parecia ser o único objetivo delas: encontrar o homem mais rico e influente e se casar com ele.

Nos primeiros dias logo após a chegada, percebi que as moças do meu círculo social iam para a escola não para aprimorar os modos, aprender coisas novas e viver uma aventura, e sim para encontrar um marido. Ou pelo menos esse era o objetivo de todas as moças que frequentavam a escola comigo e com Anita. Era como se pretendessem agarrar um marido assim que fossem apresentadas à sociedade, e imagino que a educação que recebiam lhes ensinava o suficiente para entreter seus convidados em suas salas de estar. Mas elas jamais poderiam se sentar com os homens após o jantar, com vinho do porto e charutos, e ter conversas *de verdade*. As conversas de verdade eram reservadas aos homens. Eles falariam sobre o que estava acontecendo no mundo, sobre os lugares que haviam conhecido e sobre os livros que tinham lido. A nós, as damas, caberia falar do tempo e da posição de cada talher à mesa de jantar. Quanto mais tempo eu passava na Academia para Jovens Damas da Srta. Upturn, mais eu percebia que aquele lugar estava abarrotado de garotas simplórias que eram implacavelmente mercenárias na busca de seus finais felizes.

Fiquei ainda mais convencida de que aquela não era vida para mim.

Não era a vida que eu queria. Eu queria mais. Eu queria liberdade. Eu não queria ficar presa a uma casa ou a um marido. Eu queria fazer o que quisesse, quando eu quisesse. E não via como fazer isso com um marido. A menos que encontrasse alguém realmente único e incrível, como meu pai. E duvidava que isso fosse acontecer. Além do mais, ao contrário de muitas garotas que frequentavam a escola comigo, eu não precisava me casar. Eu tinha o dinheiro do meu pai. Eu tinha o sobrenome De Vil. E eu tinha a companhia de Anita, a mais agradável de todas.

Apesar das minhas ideias não convencionais sobre o meu futuro e do tanto que eu detestava as outras alunas, realmente adorei cada instante da minha educação. Éramos ensinadas a ser damas bem-sucedidas. Éramos ensinadas a manter uma conversa no jantar: como mudar de assunto se o papo se tornasse impróprio ou embaraçoso, como evitar falar diretamente de temas de natureza pessoal ou delicada e, o mais importante, as virtudes de falar de maneira indireta, mas deixando sua opinião bem clara. Eu podia não estar interessada em casamento, mas queria muito aprender a me portar com decoro. Queria deixar minha mãe orgulhosa. E lá pela metade do nosso primeiro semestre, descobri que teria a oportunidade para isso. Minha mãe iria me visitar no meu aniversário. Eu ainda não tivera a chance de vê-la desde a morte de meu pai.

— Anita, estou um pouco nervosa de encontrar minha mãe. — Era um sábado, e estávamos sentadas no jardim, aproveitando uma rara tarde de sol. Havíamos estendido um cobertor e Anita tinha preparado alguns sanduíches e bolos para que desfrutássemos daquele dia ensolarado. Era o seu presentinho de aniversário para mim.

– O que vocês farão mais tarde? Quando ela chega? – Anita me perguntou.

– Ela vai me levar para jantar. Vamos ao Criterion! – falei. Anita arregalou os olhos. – Eu sei. É muito chique! Usarei meu melhor vestido. Mal posso esperar para vê-la. – De repente, a expressão de Anita me fez lembrar da cara que a srta. Pricket fazia às vezes quando falávamos sobre mamãe.

– Qual o problema, Anita? Posso perguntar se você pode vir com a gente, se quiser, para não passar a noite sozinha. – Anita jogou um xale nos ombros.

– Não, Cruella. Você deve passar um tempo a sós com sua mãe. Faz um século que não a vê. Passar um tempo juntas será bom para vocês.

– E você, como passará sua noite? – perguntei. Eu detestava pensar em Anita passando a noite sozinha, ou pior: e se alguma daquelas idiotas presunçosas lhe causasse problemas enquanto eu não estivesse lá para protegê-la?

– Fazendo o dever de casa, lendo. O de sempre – ela disse, colhendo florezinhas brancas e as entrelaçando pelas hastes. – Talvez eu leia alguma história da Princesa Tulipa, para ver o que ela anda fazendo.

– Não leia demais sem mim! – falei. – Senão vai ter que me atualizar.

– Cruella, já lemos todas essas histórias centenas de vezes. Não terei que atualizar você! – Ela colocou as flores na minha cabeça como se fosse uma coroa. – Pronto, agora você parece uma princesa – ela disse, sorrindo. – Terá uma ótima noite com sua mãe.

Mais tarde naquela noite, ela me ajudou a me arrumar. Devo ter experimentado todos os vestidos que tinha.

– Não se esqueça do casaco de pele, Cruella. Sua mãe vai adorar vê-la com ele, tenho certeza. – Ela me passou o casaco. Eu estava tão nervosa. Fazia tanto tempo que eu não via minha mãe, e ela tinha ficado tão chateada comigo. Eu receava que ela tivesse acreditado no que aquela enfermeira terrível lhe dissera: que eu causara a morte de papai. Mas afastei tudo aquilo da mente quando dei um beijo na bochecha de Anita e desci para aguardar pelo carro. Mas não era mamãe que estava à minha espera, e sim a srta. Pricket, carregada de pacotes e segurando uma cesta cheia de comida. Notei aquela expressão triste que ela geralmente tinha.

Acabei passando meu décimo sétimo aniversário com a srta. Pricket e Anita em nosso quarto, lendo até bem tarde e comendo as coisas deliciosas que a sra. Baddeley havia mandado. Foi uma noite agradável. Eu estava na companhia das minhas duas pessoas preferidas e sabia que minha mãe me amava. Afinal, ela tinha me enviado presentes lindos.

⚜ ⚜ ⚜ ⚜

Embora não desse para saber só pelas aparências, Anita estava realmente deslocada na Academia para Jovens Damas da Srta. Upturn. Ela era bem-sucedida em seus objetivos acadêmicos, mas achava besteira todas as minhas matérias prediletas.

Ela não tinha nenhum interesse pelas matérias mais "fúteis", em suas palavras. Mas, minha nossa, Anita era muito esperta! Quieta, mas não antissocial; inteligente, mas sem bancar a superior. Ela era meiga, observadora, estudiosa e sempre se comportava como uma verdadeira jovem dama. E, se eu não estivesse lá para protegê-la, aquelas garotas a teriam comido viva!

Felizmente, passávamos a maior parte do tempo juntas. Tínhamos um quarto só para nós; foi minha mãe que o providenciou. A maioria das outras garotas dividia um quarto com mais três colegas, mas minha família havia feito generosas doações à escola, o que significava que Anita e eu tínhamos direito a maior privacidade. O quarto tinha uma vista linda dos jardins; uma das paredes era toda de vidraças. Havia espaço suficiente para duas camas com dossel, dois guarda-roupas e duas penteadeiras, assim como um aconchegante cantinho com poltronas onde tomávamos nosso chá pela manhã e conversávamos antes de descer para fazer a refeição matinal com as outras alunas. Embora depois das primeiras semanas eu ainda não gostasse da maioria das garotas da escola, esperava estar errada sobre elas. Esperava conhecer pelo menos uma garota como Anita e eu, que pudesse fazer parte do nosso pequeno círculo. Decidi criar um clube de leitura. Depois de algumas semanas do início do ano letivo, contei minha ideia brilhante a Anita.

– O que acha, Anita? Talvez seja uma boa maneira de conhecermos algumas garotas – eu disse a ela numa manhã enquanto nos preparávamos para descer para o desjejum. Anita não parecia convencida.

— Achei que detestasse todas as outras garotas, Cruella. Todas elas não são filhas mimadas de amigas de sua mãe? — Era verdade, a maioria delas era. E algumas eu conhecia desde criança, mas eu não as conhecia *de verdade*. Não como eu conhecia Anita. No máximo, havíamos trocado umas palavras educadas em algumas ocasiões sociais.

No entanto, havia uma garota que eu conhecia muito bem. Arabella. Era a filha da melhor amiga de minha mãe. Eu não gostava muito dela e tinha feito o possível para proteger Anita dela desde a nossa chegada à escola. Se ela desconfiasse das origens de Anita, nunca nos deixaria em paz. Então eu ficava aliviada por Anita ser arisca com pessoas que não conhecia. Na verdade, isso fazia com que ela parecesse ser uma das garotas mais mimadas da escola. Mas, no fundo, era só porque ela era tímida e focada nos estudos.

— Sei lá, talvez a gente conheça alguém que ame os mesmos livros que nós — falei. — Escreverei um comunicado sobre o nosso clube e o pregarei no quadro de avisos.

Anita suspirou.

— Tudo bem, acho. Veremos no que vai dar.

Descemos juntas para o café da manhã e nos acomodamos no canto da sala em que geralmente nos sentávamos, longe de Arabella e suas amigas arrogantes. Eu escrevia o comunicado para o quadro de avisos e Anita lia um livro para uma de nossas aulas quando uma voz presunçosa disse:

— Bom dia, Cruella. Quem é esta? Ainda não conheço sua amiga. — Ergui os olhos e senti um frio na barriga quando vi que era Arabella.

CRUELLA

— Bom dia, Arabella. Esta é minha amiga Anita. — Anita tirou os olhos do livro.

Arabella ainda usava os cabelos cacheados em um penteado infantil, como se fosse uma garotinha. Longos cachos loiros que desciam delicadamente pelas laterais de seu rosto pálido. Ela parecia uma boneca preciosa com sua pele perfeita de porcelana e seus olhos azuis brilhantes que pareciam ser feitos de vidro. Mas, na verdade, era uma garota monstruosa disfarçada de anjo.

Ela era a filha caçula de uma das amigas mais queridas de minha mãe. Éramos empurradas uma para a outra desde a infância, e não fiquei nada feliz ao descobrir que teria que aguentá-la também na escola. Já fazia anos que minha mãe havia desistido de tentar fazer com que nos tornássemos melhores amigas, como ela e sua querida amiga Lady Slaptton desejavam desesperadamente. Era evidente, desde que éramos muito pequenas, que Arabella e eu não tínhamos nada em comum, assim como eu também não tinha nada em comum com as filhas das outras amigas de minha mãe. E Arabella era, realmente, o pior tipo de garota.

— Ah, sim. Eu lembro de Anita. Sua queridinha. — Ela deu um sorriso malicioso. — O que está fazendo, Cruella? — perguntou, observando o comunicado que eu escrevia.

— Estou criando um clube de leitura — falei. Arabella deu uma risadinha.

— Ainda lendo aqueles contos de fadas bobos dos quais adorava falar quando era mais nova? Qual era mesmo o nome daquela princesa? Algo idiota. Ah, sim, Tulipa. Já ouviu falar de alguma Princesa Tulipa? Eu não. Mas também nunca ouvi falar de mais ninguém chamada Cruella. Então o que é que eu sei, não é mesmo?

— Sim, ainda adoro aquelas histórias — falei. — E Anita também. — Arabella deu uma risada sarcástica outra vez.

— Bem, então vocês combinam perfeitamente. Mas não acho que alguém se interessará pelo seu clube de contos de fada. A última coisa que qualquer uma de nós quer fazer em nosso tempo livre é ler mais livros. Sabe que isso estraga sua vista, não, Anita? Vai ficar velha antes do tempo se continuar lendo desse jeito.

— Não acho que isso seja verdade, Arabella — Anita retrucou, voltando a ler. Dava para ver o cérebro de Arabella trabalhando. Ela tentava encontrar algo inteligente para dizer, mas eu a cortei.

— Sinto muito, Arabella. Anita precisa se preparar para a aula da srta. Babble, que é logo depois do café da manhã.

Arabella bufou.

— Então não as perturbarei mais. — Seus cachos giraram quando ela se virou para ir embora. — Vejo vocês na aula! — ela disse, seus cabelos balançando e oscilando de um lado para o outro enquanto ela se afastava. Eu podia jurar que aquela garota andava daquele jeito só para fazer os cabelos balançarem, sendo a idiota fútil que era.

— Bem, foi um bom começo. Já estamos fazendo novas amizades — falei. Anita não pareceu ter notado. Eu sabia que ela não estava interessada em fazer novas amizades, apenas apoiava minha ideia de tentar encontrar uma garota preciosa em meio àquelas idiotas e imbecis. Anita estava determinada a aproveitar ao máximo a educação que seu tutor lhe oferecia. Isso era mais do que se podia dizer da maioria das garotas que frequentavam a escola.

Depois do desjejum, fomos para a aula da srta. Babble para discutir o livro que Anita estivera lendo com tanta atenção durante o café da manhã. Era uma obra de Jane Austen. Não me recordo agora qual, mas lembro que Anita parecia ter sido a única pessoa da turma a captar as reais intenções da autora. A srta. Babble tinha receio de chamar Anita porque ela geralmente era a única a erguer a mão.

— Bem, se ninguém mais quiser… Srta. Anita, poderia dividir sua opinião conosco?

— A srta. Austen faz observações perspicazes sobre as classes sociais ao longo de suas obras, sem contar a maneira bem clara como coloca a marginalização das mulheres em primeiro plano na maioria de suas histórias, especialmente a de mulheres jovens com pouca ou nenhuma perspectiva.

Ainda posso ver a expressão perplexa das outras alunas. Feito coelhinhos acuados por um lobo.

O lobo, obviamente, era Arabella Slaptton, a fera do café da manhã. Ela era mais esperta que todas as outras garotas, então era a líder delas. Ela sempre tinha uma observação mordaz ou uma opinião sarcástica para compartilhar toda vez que Anita falava em aula. Desde aquele dia, Arabella nunca mais perdeu uma oportunidade de deixar Anita em maus lençóis.

— Ora, você sabe tudo a respeito de moças com pouca perspectiva, não é, Anita? — disse Arabella.

Eu levantei depressa do meu assento.

— O que você sabe? Quem lhe contou? — perguntei. Arabella riu.

— Ah, todo mundo sabe, Cruella. Mas achei que deveria confirmar, e é claro que Anita não sofre apenas da falta de uma boa origem, mas também de boas maneiras.

— Retire o que disse, Arabella Slaptton. Retire o que disse agora mesmo ou a farei engolir suas palavras!

Arabella sorriu maliciosamente para mim, como se eu tivesse acabado de lhe dar um presente. E acho que tinha feito exatamente isso.

— Srta. Babble, ouviu o que Cruella acabou de dizer? Ela me ameaçou! O que pretende fazer a respeito?

— É, srta. Babble, o que pretende fazer a respeito? — falei em tom de zombaria.

— Pretendo mandá-la para a diretoria, srta. Cruella. Saia agora!

Eu fiquei chocada.

— Não pode estar falando sério.

Mas a srta. Babble não estava brincando.

— Eu lhe garanto que estou falando bem sério. Uma dama não ameaça outras alunas. — Suas bochechas e pescoço estavam vermelhos de irritação. Ela me lembrou da sra. Baddeley, o que me fez rir. — Posso saber o que é tão engraçado, mocinha? — ela perguntou, o que me fez rir ainda mais.

— Não acredito que deixará Arabella se safar depois de ter insultado Anita, e ainda vai me mandar para a diretoria por tê-la defendido! — Eu estava tão brava, mas não queria dar a Arabella a satisfação de perceber minhas emoções. Então continuei rindo.

— Não entendo o que há de tão insultante em dizer a verdade, srta. Cruella. Agora, por favor, retire-se da minha aula. — O rosto da srta. Babble estava ficando mais escarlate a cada instante, e receio que eu tenha perdido todo o senso de compostura naquela hora.

— Dizer a verdade? Como ousa insultar Anita desse jeito, sua arrogante, presunçosa e...

— Cruella. Cruella, por favor — Anita disse. Ela tinha saído de seu lugar e colocado a mão no meu ombro. Era sempre Anita quem me tirava de enrascadas. — Cruella, pare, por favor. Está tudo bem. Vamos dar uma volta.

— Isso. Sugiro que *as duas* deem uma volta e vão direto para a diretoria — disse a srta. Babble.

Mas é claro que não fomos para lá. Eu estava irritada demais, e meus ouvidos zuniam com a risada daquelas idiotas simplórias da turma.

— Quem elas acham que são, rindo de você desse jeito? — Bufei, sem dar a Anita chance de responder. — Falando sobre as suas perspectivas... O que importa se for verdade? Ela não tinha o direito de expô-la na aula daquela maneira.

— Não tenho vergonha das minhas origens, Cruella. Mas talvez você tenha. Tem certeza de que não está brava porque tem vergonha de mim?

Parei subitamente e a olhei nos olhos enquanto segurava suas mãos entre as minhas.

— Não! Não seja boba, Anita. É claro que não. Você é minha amiga. Se alguém me dá vergonha, esse alguém é aquela palerma da Arabella. Agora você entende por que nunca fomos amigas.

Anita riu.

— Ah, eu me lembro dela — falou. — Sempre foi terrível, desde pequena. Eu me pergunto se ela não está magoada por vocês não serem amigas.

— Aposto que ela tem inveja de você — falei. — Por que mais ela tentaria fazer a sua caveira?

O sorriso de Anita murchou.

— Porque é assim que toda a escola se sente, até os professores. Vejo isso na cara deles, até na dos professores mais legais. Os que não me olham com desprezo têm pena. Eles sabem que só estou aqui por sua causa.

Logo ficou claro que a história da falta de berço de Anita já vinha circulando havia algum tempo. E embora ela fosse gentil com todo mundo, não demorou muito para começar a ser esnobada pela maioria das outras garotas e até por alguns de seus professores. E eu não fiz nenhuma amizade ao defendê-la.

Posso afirmar com certeza que éramos as garotas menos populares da escola. Não que eu ligasse para isso, na verdade. Eu não me importava com nenhuma garota de nossa classe. E sobre os professores e a diretora? Eu não dava a mínima para nenhum deles também.

Quer dizer, o que eram a diretora e os professores além de empregados privilegiados? Ah, eles podiam vir de famílias suficientemente respeitáveis ou que tinham as mesmas condições de Anita, o que fazia deles intermediários, mas, sinceramente, quem eram eles para julgar Anita? Aquilo virou uma batalha diária, e eu passava mais tempo na diretoria do que na sala de aula. E, na verdade, a diretora não estava ajudando. Ela era tão insuportável quanto nossas maldosas colegas de classe e a maioria dos professores.

Ri sozinha agora, lembrando de um dia em particular, quando fui chamada à sala da diretora. Eu estava na aula da srta. Babble quando recebi a mensagem que solicitava meu comparecimento à diretoria. Todas as garotas da sala pareceram ficar bem satisfeitas. Acho que não teriam ficado mais satisfeitas nem se todas elas tivessem sido pedidas em casamento pelos homens mais ricos do mundo, então eu soube que elas estavam tramando alguma coisa.

— Srta. Babble, do que se trata isso? — perguntei.

— Sugiro que vá até a diretoria e descubra, srta. Cruella — ela respondeu com um ar arrogante. Desde aquela cena com Arabella, as coisas não iam nada bem nas aulas da srta. Babble. Aquelas idiotas aproveitavam cada oportunidade que tinham para falar mal de Anita, e a srta. Babble não movia um dedo sequer para detê-las.

Bem, se era guerra que elas queriam, eu estava pronta.

Decidi fazer um desvio antes de ir para a diretoria. Passei rapidamente por meu quarto e coloquei meus brincos de jade e o casaco de pele. Sabem de quais estou falando. Eu queria estar bem-vestida, já que iria falar umas verdades para a diretora. Eu queria estar fabulosa e imponente, como mamãe quando repreendia alguém.

— Está aqui para ver a srta. Upturn outra vez, srta. Cruella? — perguntou a mulher desleixada que ocupava a mesa do lado de fora da diretoria. Sim, esse era o nome da nossa diretora: srta. Upturn. Acho que ela pensava que ter um sobrenome que significa "altiva" era algo soberbo, mas para mim soava comum. E parecia ser perfeito para ela, considerando todas as vezes em que foi esnobe e torceu o nariz para Anita enquanto estávamos em sua sala.

A srta. Desleixo me deixou entrar na sala da srta. Upturn. A diretora estava sentada à sua mesa, vestindo um tailleur marrom simples, mas pomposo, e o que parecia ser uma codorna morta na cabeça, com as penas pendendo nas laterais.

Era um chapéu lamentável.

E para piorar ainda mais as coisas, era antiquado. Assim como a roupa dela. Ela fingiu estar ocupada quando sua assistente me conduziu à sua sala e indicou que eu me sentasse em uma cadeira próxima à mesa da diretora. A srta. Upturn me fez esperar enquanto seus olhinhos redondos iam de um lado para o outro da mesa, feito um pássaro insano procurando algo para fazer. Ela nem se deu ao trabalho de olhar para mim durante vários minutos. Eu podia jurar que ela estava adiando a conversa ao máximo.

Mulher tola. Mal era uma intermediária. *Finalmente*, ela olhou para mim.

— Srta. Cruella. Fui informada de que você vem causando confusão nas aulas da srta. Babble — ela disse, olhando para mim com seus olhos redondos minúsculos. Era realmente uma visão assustadora.

CRUELLA

— Sim, srta. Upturn. As outras alunas têm sido horríveis com Anita, e a srta. Babble não faz nada a respeito. E se recusa a deixar que Anita participe das aulas. Não entendo por que ela insiste em ignorar a garota. Anita é a única aluna da nossa sala que realmente tem algo de útil a dizer, e que de fato lê os textos pedidos — falei. A codorna oscilou na cabeça da srta. Upturn quando ela suspirou. Eu teria rido se não tivesse visto a expressão de desgosto que ela fez quando mencionei o nome de Anita. Aquilo me fez detestar ainda mais aquela mulher.

— Sinceramente, Cruella, não entendo seu fascínio por aquela garota. Você já veio parar na minha sala inúmeras vezes, todas por causa dela. Ela é inferior a você em todos os aspectos. Eu realmente não entendo o que você vê nela. Uma educação aqui é o máximo que ela vai conseguir na vida. Entende o que estou dizendo? Tenho certeza de que vocês eram muito próximas quando eram crianças, e é ótimo ter amigas assim quando se é jovem. Mas está na hora de entender que vocês pertencerão a círculos sociais muito diferentes quando forem apresentadas à sociedade. Você terá que seguir seu próprio caminho, e eu não gostaria que você ignorasse e afastasse as garotas de sua classe social, porque é com elas que você conviverá em várias ocasiões sociais, não com Anita.

— Anita é minha melhor amiga, e uma ótima amiga da minha família. Eu não gostaria que minha mãe soubesse que ela vem sendo maltratada por você e por sua equipe, sem contar o fato de você ter deixado as alunas zombarem dela. Não sei ao certo como ficou sabendo da falta de berço de Anita, mas isso é irrelevante e não deve impedi-la de receber a educação que seus tutores estão pagando para que receba.

— Bem, srta. Cruella, foi a sua mãe quem me contou da situação de Anita e, embora permita a amizade entre vocês até certo ponto, ela quer que Anita saiba se pôr em seu lugar. Sua família tem feito doações tão generosas à nossa escola, srta. Cruella, que achei que o mínimo que eu poderia fazer era honrar o desejo de sua mãe.

Eu estava chocada, mas não vacilei.

— Embora eu tenha ciência das preocupações de minha mãe, srta. Upturn, eu gostaria de sugerir que fale com sua equipe e deixe claro que a srta. Anita deve ser tratada com respeito, ou cuidarei pessoalmente para que esta escola não receba mais nenhuma doação.

A srta. Upturn deu uma risadinha, fazendo a ave em seu chapéu oscilar outra vez. Eu mal consegui segurar o riso. Ela obviamente não entendia minha situação. E agindo exatamente como minha mãe agiria, assumi o controle da conversa antes que ela voltasse a falar.

— Esta escola é ridícula! *Sinceramente.* A simples ideia de que inferiores como você e sua equipe poderiam ensinar *a mim* como me comportar nos círculos sociais que jamais aceitariam gente como vocês é risível. Como ousam desprezar Anita? Basta um telefonema para o meu advogado e não haverá mais doações! — Tirei o cartão de visita de Sir Huntley da carteira e o coloquei sobre a mesa. — É claro que você pode confirmar tudo isso com Sir Huntley, se quiser. Agora, se me der licença, srta. Upturn, tenho cartas a escrever e ligações a fazer antes de começar a arrumar minhas malas para as férias de inverno.

A srta. Upturn continuou sentada, perplexa. *Estupefata* é uma palavra melhor para descrever. Ficou muda, encarando o cartão, enquanto a ave em sua cabeça permanecia imóvel, olhando fixamente para mim. Eu tinha conseguido o que queria. Gostaria de ter tido coragem de fazer aquilo antes. Eu me senti tão poderosa naquele momento, usando os brincos que meu pai me dera e o lindo casaco que mamãe insistira que eu levasse para a escola. Naquele instante, entendi que meu poder vinha do meu visual deslumbrante. Exatamente como o da minha mãe.

Eu mal podia esperar para contar a Anita o que havia acontecido. Eu me virei para deixar a sala, mas a voz da srta. Upturn me fez parar.

– Sinto muito por qualquer mal-entendido, srta. Cruella. É claro que falarei com a equipe para que a srta. Anita seja tratada com mais respeito. Pode ter certeza disso.

Nem me dei ao trabalho de virar para ela quando respondi apenas:

– É claro que falará!

– Então não ligará para o seu advogado, srta. Cruella? – ela perguntou em voz baixa, de um jeito totalmente diferente do seu tom imponente usual.

Olhei por cima do ombro e acrescentei:

– Não, srta. Upturn. Se Anita for tratada com respeito, não precisarei ligar. – E então sorri para a mulher, adorando perturbá-la um pouco mais. – Ah, srta. Upturn... farei com que meu advogado inclua um extra para você na próxima doação.

Sugiro que o use para comprar um chapéu novo! – E então fiz meu casaco esvoaçar ao meu redor, como eu vira minha mãe fazer inúmeras vezes, e fiz uma saída dramática da sala. Eu tinha sido magnífica.

Não tenho vergonha de dizer que tive muito orgulho de mim mesma naquele dia. Eu não só defendi minha melhor amiga, mas também encontrei uma maneira de garantir que fosse tratada de forma justa dali em diante. É claro que no fim descobri que a srta. Upturn estava certa. Eu era jovem e deixava minha afeição infantil me cegar. Naquela época, eu não via Anita como a vejo agora.

Anita e eu nos sentamos em nosso quarto e rimos juntas quando lhe contei sobre a srta. Upturn.

– Ah, Anita! Você tinha que ter visto a cara dela! Ela tremia de medo e de raiva. Achei que aquele chapéu fosse cair da cabeça dela!

– Mas você não disse mesmo para ela comprar um chapéu novo, disse? – perguntou Anita, escandalizada, mas rindo apesar de sua natureza meiga.

– Disse! Não arrasei? – Rimos tanto que perturbamos as garotas do quarto ao lado do nosso, mas não nos importamos. Todas elas eram criaturas abomináveis. Nenhuma delas tinha tanto dinheiro quanto a minha família. Quem elas eram para torcer o nariz para Anita e para mim? Se haveria alguém olhando com desprezo para os outros, esse alguém seria eu.

CAPÍTULO V

EM CASA PARA AS FESTAS

As festas de fim de ano chegaram depressa e eu estava animada para aproveitá-las ao lado de Anita. Eu estava ansiosa até para ver a srta. Pricket, que avisou que Anita poderia ir para casa comigo, já que seus tutores estariam fora do país, viajando. Eu não queria que ela ficasse sozinha em casa, tendo apenas os criados como companhia. Fiquei muito feliz quando a srta. Pricket me escreveu dizendo que eu deveria convidar Anita para ficar comigo e que minha mãe não se importaria.

Minha mãe ainda estava viajando, mas continuava me mandando presentes e, às vezes, incluía uma lembrancinha para Anita, porque sabia que isso me deixaria feliz. Eu torcia para que ela voltasse para casa nas festas de fim de ano. Não havia nenhum sinal de que aquilo que a srta. Upturn havia dito sobre minha mãe querer que Anita soubesse o seu devido lugar fosse remotamente verdade, então decidi que a mulher havia mentido ou entendido mal algo que minha mãe lhe dissera. Típico de uma intermediária arrogante decidir o que minha mãe poderia ou não querer. Mulherzinha terrível.

CRUELLA

A srta. Pricket tomou o trem para nos encontrar na escola e nos acompanhar de volta a Londres – de primeira classe, é óbvio. Não viajávamos de outra maneira. Ela nos encheu de perguntas durante o nosso retorno a Londres, querendo saber de nossos estudos, das outras garotas e de nossos professores. Não mencionei minha conversa com a srta. Upturn, mas lhe contamos sobre tudo que havíamos aprendido e falamos sobre como estávamos ansiosas para começar as aulas de dança depois das férias de inverno. Iam nos ensinar a dançar de maneira apropriada na próxima temporada de bailes e em outros eventos sociais. Embora nenhuma de nós estivesse particularmente interessada em participar de bailes idiotas, gostávamos da ideia de aprender a dançar. Afinal, toda dama precisa saber dançar, mesmo que não vá a um baile formal ou a uma festa de casamento. Eu me imaginava junto de Anita dançando em locais exóticos. E fantasiava que um dia viveríamos uma aventura de verdade, mas minhas ideias grandiosas sobre o futuro ainda estavam se formando, e eu ainda não estava pronta para dividi-las com ninguém.

Enquanto eu pensava naquilo, a srta. Pricket e Anita começaram a conversar em francês, e meus devaneios se voltaram para o Natal. Eu estava tão empolgada para ajudar os criados a montarem a árvore e para ver o que a sra. Baddeley ia preparar para a nossa ceia natalina. Mas o que eu mais queria era ver minha mãe. Eu estava louca para ouvi-la contar suas aventuras. E estava tão feliz por passar o feriado com as duas pessoas que eu mais amava no mundo: mamãe e Anita. Eu queria desesperadamente fazer as pazes com mamãe. Deixar para trás toda aquela bobagem sobre a enfermeira de papai e o testamento dele. Eu esperava que o espírito natalino nos ajudasse a ser amigas outra vez.

— Fico feliz em saber que estão gostando da escola – disse a srta. Pricket, me arrancando de meus devaneios. Olhei ao meu redor, no nosso compartimento do trem, e quase me surpreendi por estar ali. Na minha cabeça, eu já estava em casa com minha mãe. – Srta. Cruella, eu gostaria de mencionar uma coisinha antes de chegarmos a Belgrave Square. – Senti um frio na barriga. Eu tinha certeza que ela diria que minha mãe não passaria as festas de fim de ano em casa. – A diretora da sua escola, a srta. Upturn, ligou-me para falar da última conversa que vocês tiveram. – Mas antes que eu pudesse dizer alguma coisa, Anita se adiantou.

— Não é culpa dela, srta. Pricket. A culpada sou eu. – A srta. Pricket segurou a mão de Anita.

— Não seja boba, Anita. Nenhuma de vocês duas é culpada – ela disse, voltando sua atenção para mim. – Estou tão orgulhosa de você, srta. Cruella, por ter confrontado daquele jeito os professores e a diretora. – Fiquei muito aliviada. Eu tinha certeza de que ela me daria um sermão. A última coisa que eu esperava era que a srta. Pricket, entre todas as pessoas, elogiasse a mim por ter ameaçado a diretora.

— Mal posso esperar para contar à mamãe – falei, rindo. – Ela ficará tão orgulhosa de mim. – A srta. Pricket ficou em silêncio. – O que foi? – perguntei.

— Acho que não deveríamos contar isso à sua mãe, não ainda. Vamos esperar até depois das festas. Eu não gostaria que isso estragasse o tempo que passarão juntas. – A srta. Pricket parecia incomodada.

— O que está escondendo de mim, srta. Pricket?

Ela balançou a cabeça.

— Falaremos disso depois. Veja, já estamos chegando à estação.

Mas eu insisti. Obviamente eu não havia prestado atenção às minhas aulas de sinais comportamentais, e estava deixando a pobre Anita e a srta. Pricket em uma situação constrangedora.

— Cruella — Anita disse —, acho que o que a srta. Pricket está tentando dizer é que sua mãe não aprovaria essa sua atitude. Você sabe que ela nunca aceitou bem nossa amizade. — Eu não sabia o que responder. A srta. Pricket bateu palmas e nos arrancou do clima pesado que se instalara no compartimento do trem.

— Deixem isso pra lá, garotas. Não vamos falar mais disso. Teremos maravilhosas férias de inverno — ela anunciou. — Olhem, estamos chegando. — E antes que percebêssemos estávamos de volta a Londres. Apesar de ser uma cidade suja e fria, eu estava feliz por estar de volta. Eu me enrolei no meu casaco de pele para me proteger do frio e da visão desagradável das áreas menos bonitas da cidade até finalmente chegarmos a Belgrave Square.

O meu lar.

Enquanto o chofer nos ajudava a descer do carro, precisei de muito autocontrole para não entrar correndo pela porta principal para ver mamãe. Todos os criados estavam lá para nos recepcionar, esperando por nós no vestíbulo, ao pé da enorme escadaria. Eu tinha me esquecido de como adorava aquela sala linda, com seu gigantesco lustre de cristal pendurado sobre a mesa redonda que estava sempre enfeitada por um vaso de flores. Estavam todos lá, menos a sra. Baddeley. Sem dúvida, ela estava preparando nosso jantar na masmorra. Não é engraçado como cozinheiras e governantas são chamadas de "senhora", mesmo quando não são casadas? Pensei se isso as fazia sentir como se fossem casadas com seus empregos. E, num certo sentido, eram mesmo. Mas se havia alguém que realmente era casado com seu emprego, esse alguém era Jackson. *Sr.* Jackson, como os fantasmas do andar de baixo o chamavam. Não precisávamos de uma governanta, não com Jackson por perto. Jackson e a sra. Baddeley tomavam conta de tudo, de acordo com as instruções de minha mãe. E um dia o fariam de acordo com as *minhas* instruções, quando eu fosse a dona da casa.

Depois da morte de meu pai, decidi que queria ser uma mulher independente. Nunca me casaria. Abracei o último pedido de meu pai: eu manteria seu sobrenome. E não havia um homem que valesse a pena que concordaria em adotar o sobrenome da esposa, a menos que ela fosse a Rainha da Inglaterra, é claro. Embora minha família fosse abastada e tivesse ligação com a realeza, eu não era a Rainha. Mas achei que poderia imitar uma. Pensei na Rainha Elizabeth I e em como jamais se casara. E vejam só tudo o que ela fez! Sempre senti que meu destino era ser grandiosa. E olhem só para mim. Mais fabulosa que nunca. Como uma rainha.

Imaginei uma vida feliz sem casamento naquela casa com Anita. Ela provavelmente não se casaria também, considerando suas perspectivas. Imaginei que seria minha companhia, e que viajaríamos pelo mundo juntas, voltando a Belgrave Place e ficando poucos dias antes de partirmos para nossa próxima aventura. Imaginei nós duas em lugares como Egito, Paris e Istambul, usando trajes típicos locais, provando comidas exóticas e mandando cartões-postais para casa com descrições vívidas de nossas façanhas.

Eu estava empolgada para ir até a sala matinal a fim de conferir se mamãe estava lá, quando uma mulher que eu nunca tinha visto se afastou dos outros fantasmas e se aproximou de mim. Ela era uma mulher alta e imponente, com impressionantes cabelos brancos presos em um coque apertado. Seus lábios estavam sempre tensos, como se estivesse sentindo um fedor no ar. Seus dedos eram compridos e magros e lembravam pernas de aranha. Ela estava toda de preto e tinha um grande molho de chaves pendurado no cinto. Parecia um agente funerário austero que guardava as chaves que davam acesso ao outro mundo. Não gostei dela logo de cara. Ela olhou para Jackson, esperando que ele nos apresentasse.

– Bem-vinda ao seu lar – disse Jackson. – Estamos muito felizes por termos você e a srta. Anita em casa para as festas. Deixe-me apresentar a sra. Web. Ela é nossa nova governanta. – A partir daquele instante eu passei a me referir a ela, pelo menos mentalmente, como Aranha. – Lady De Vil achou que precisávamos de alguém para comandar a casa, já que ela está sempre viajando – falou Jackson. Eu não disse nada. Apenas olhei abismada para a Aranha, perguntando-me por que diabos ela estava ali.

– Ela não viaja *tanto* assim – comentei, observando a sala matinal e querendo perguntar a mamãe o que aquilo significava.

A srta. Pricket me censurou baixinho antes de se voltar à Aranha.

— Desculpe-nos, sra. Web, nós fizemos uma longa viagem. Com certeza a srta. Cruella e a srta. Anita estão loucas para se refrescar antes do jantar com Lady De Vil. — Ela lançou um olhar feio para mim.

— Lady De Vil não estará aqui para o jantar. Ela ainda não chegou — disse a Aranha. — Tenho certeza de que voltará o quanto antes — acrescentou, parecendo feliz em ver minha decepção. Ou talvez eu só tenha imaginado isso. De todo modo, senti meu sangue ferver. — Enquanto isso, se precisar de qualquer coisa, por favor, srta. Cruella, é só me chamar. Sua mãe pediu que eu ficasse no lugar dela enquanto não estivesse aqui.

Eu queria gritar. Quem aquela mulher achava que era para ficar no lugar de minha mãe? E *onde* estava minha mãe? Eu estava tão ansiosa para vê-la. Não a tinha visto nem mesmo uma vez enquanto estivera na escola. Nem umazinha. Ela raramente me escrevia. A maioria das notícias eu soubera por meio da srta. Pricket, com quem ela se correspondia frequentemente. Eu tinha que fazer alguma coisa para recuperar sua afeição.

— Quando ela chegará? — perguntei.

— Antes do Natal, com certeza — disse a srta. Pricket. E então acrescentou depressa: — Vamos, garotas. Vamos desfazer as malas e nos acomodar. Fizemos uma longa viagem. — Ela nos acompanhou escada acima até os nossos quartos. Lembro de ter olhado lá do patamar para todos os criados. Para mim, eles eram como fantasmas, desaparecendo através da porta sob a escada, mas a visão mais perturbadora foi a sra. Web deslizando atrás deles feito uma aranha de fumaça e enxofre. Eu não gostava nem um pouco dela.

⚜ ⚜ ⚜ ⚜

Meu quarto estava exatamente como eu me lembrava, e Anita foi acomodada no quarto rosa bem em frente ao meu, o quarto que eu começara a pensar que era dela.

— Srta. Anita, sua bagagem está no quarto de sempre, se quiser se acomodar — disse abruptamente a srta. Pricket. — Estarei lá em um instante para ajudá-la a desfazer as malas, assim que tiver ajudado a srta. Cruella.

Anita sorriu.

— Obrigada, srta. Pricket — ela disse, indo para o quarto rosa.

— Srta. Pricket, o que acha de ser minha criada de quarto? É claro que terei que falar com mamãe quando ela chegar, mas antes gostaria de saber a sua opinião. — Eu esperava que a srta. Pricket concordasse comigo. Ela trabalhava para a minha família desde que eu era pequena, e, embora me irritasse às vezes, eu não imaginava minha vida sem ela. Para mim, fazia sentido que ela fosse minha criada de quarto; seria uma transição natural. Em quem mais, além da minha velha babá, eu confiaria para assumir uma posição de tanta intimidade?

— Bem, srta. Cruella, sua mãe disse que você já está grandinha demais para ter uma babá, e perguntou se eu gostaria de ser sua criada de quarto e dama de companhia — ela falou, sorrindo. — Estava torcendo para que gostasse da notícia.

— Ah, sim. Adorei a notícia. Fico feliz por *você* gostar da ideia. Mas não acho que serei capaz de chamá-la apenas de Pricket... Faz tanto tempo que eu a chamo de srta. Pricket.

A srta. Pricket riu.

— Pode me chamar como quiser, srta. Cruella — ela disse, sorrindo para mim.

— Falando em novas funções, estou curiosa para saber o que você tem a me dizer sobre a sra. Web. Ela está se adaptando? — perguntei.

— Ela está se adaptando bem. — A srta. Pricket estava sendo discreta como sempre. Ela jamais falaria mal de alguém. Isso não me ajudava em nada. Se a srta. Pricket ia ser minha criada de quarto, então teria que agir como uma. E isso significava me contar todas as fofocas da criadagem. Então a provoquei um pouco, deixando claro que eu não gostava daquela mulher, esperando que a srta. Pricket se abrisse comigo.

— Eu não vejo por que precisamos dela. Estava tudo muito bem sem ela. Eu me pergunto se Jackson e a sra. Baddeley se ressentem da presença dela. Eu me ressinto daquela aranha detestável.

— Ah, srta. Cruella. Não fale assim dela. — A srta. Pricket não estava mordendo a isca. Fui até a penteadeira, sentei-me e coloquei meus brincos de jade enquanto observava a mulher que tinha cuidado de mim a vida toda desfazer minhas malas. Senti uma sensação de formigamento ao colocar os brincos. Eu me sentia uma dama mais poderosa ao usá-los. E, naquele instante, percebi que minha relação com a srta. Pricket havia mudado. Ela não era mais responsável por mim, mas ela ainda agia como se fosse. Havia um ajuste a ser feito gradualmente, e eu estava prestes a começar.

— Srta. Pricket, se pretende ser minha criada de quarto, quero saber de todas as fofocas. Mamãe diz que fica sabendo de tudo o que acontece lá embaixo pela sra. Smart, a criada de quarto *dela*.

— Ah, não sei de nenhuma fofoca, srta. Cruella. — Ela tirou do armário um vestido recém-passado a ferro. — Este seria ótimo para o jantar de hoje — falou, tentando mudar de assunto.

— Ah, tenha dó, srta. Pricket! Desembuche! Eu insisto — falei, rindo e esperando persuadi-la.

— Bem... — Ela olhou para a porta a fim de confirmar que não havia ninguém escutando nossa conversa no corredor. — Ouvi a sra. Baddeley dizer que a sra. Web surgiu na entrada de serviço como num passe de mágica, envolta em uma nuvem de fumaça negra agourenta, trazendo nas mãos suas malas e um bilhete de sua mãe explicando seu novo cargo. Sua mãe acertou tudo sem dizer nada a Jackson. Nem ao menos mandou um bilhete antes para informá-lo da chegada da sra. Web. Jackson ficou estarrecido porque não havia um quarto preparado para ela.

— Jackson pode ter muitos talentos, mas, até onde sei, prever o futuro não é um deles — falei, fazendo a srta. Pricket rir.

— Bem, ele se mostrou mais estoico que nunca. Sabe como ele é. — Era divertido conversar com a srta. Pricket daquele jeito. Eu me sentia mais velha, mais madura, e ela estava falando comigo como se eu fosse uma adulta, em vez de me repreender por ter feito isso ou aquilo como se eu fosse uma menininha. Era bom rir com ela. Eu nunca havia percebido como ela era engraçada.

— Parece que você tem passado mais tempo lá embaixo — falei.

— Quando sua mãe sugeriu que eu fosse sua dama de companhia, achei que seria uma boa ideia conhecer melhor o pessoal.

Pensei que aquela era uma excelente ideia.

— Ótimo — falei. — Ganhe a confiança deles. Quero saber tudo que se passa lá embaixo.

— Você está soando mais como sua mãe a cada dia. — Ela observou meu reflexo no espelho da penteadeira, e uma ruga se formou em sua testa por um instante. Mas logo sumiu.

— Obrigada, srta. Pricket — falei. — Agora conte mais.

— A sra. Baddeley ficou arrasada quando a sra. Web chegou. Chorando sem parar porque uma estranha inspecionaria sua despensa e estragaria suas receitas. Esta tarde mesmo eu as surpreendi na cozinha. Ouvi a sra. Baddeley gritar para a mulher: "Não toque em nada da linha da cintura para baixo!".

Aquilo me fez rir.

— O que ela quis dizer com "linha da cintura para baixo"? Certamente não é o que estou pensando — falei, fazendo a srta. Pricket rir outra vez.

— Você está mais atrevida do que nunca, srta. Cruella. Acho que ela se referia à altura da prateleira em que guarda suas receitas — ela falou, rindo.

— Bem, não queremos que a sra. Baddeley fique chorando, não é? — falei, bem quando Anita entrou no quarto.

— Espero não estar interrompendo — ela disse do seu jeito tímido.

— Venha, Anita! — convidei-a. — Não vai acreditar na fofoca. A srta. Pricket estava me contando que pegou a cozinheira aos prantos.

Anita piscou, pasma.

— Cozinheira? Desde quando você chama a sra. Baddeley de "cozinheira"?

Eu não sabia. Acho que aquela era a primeira vez.

— Ela é nossa cozinheira, não? E é assim que mamãe a chama.

Anita estava claramente desapontada.

— Bem, nunca ouvi você chamá-la assim. Aposto que Arabella Slaptton chama a cozinheira dela pela função e não pelo nome.

Talvez Anita tivesse razão. Ela geralmente tinha. Mas eu estava tão ansiosa para conseguir a aprovação de mamãe outra vez. Ela sempre quis que eu fosse mais crescida, que agisse mais como uma dama. Talvez assim eu conseguisse agradá-la. Talvez, se eu agisse como ela, mamãe passaria mais tempo comigo. Talvez ela ficasse em casa desta vez.

— Talvez Arabella entenda certas coisas — falei despreocupadamente, querendo mudar logo de assunto.

— E quem é Aranha? — Anita perguntou. Pobre Anita. Era muito esperta, mas às vezes não conseguia acompanhar.

Eu ri.

— Ah, como é mesmo o nome dela... sra. Web. A governanta. A criatura sem graça e insidiosa que encontramos no hall de entrada. Parece uma aranha. Você sabe de quem estou falando.

Anita riu.

— Sim, suponho que pareça mesmo uma aranha — falou. — Ela devia sentir vergonha por fazer a sra. Baddeley chorar.

— Isso! — falei, rindo mais ainda. — Imagino que agora a sra. Baddeley não vai fazer suas gelatinas tão cedo! — Anita e eu recomeçamos a rir. A srta. Pricket levou a mão à boca.

— Já chega, garotas. Parem de falar da pobre sra. Baddeley. E parem de chamar a sra. Web de Aranha. Não é muito gentil.

Respirei fundo. Era hora de avançar mais um pouco em minha nova relação com a srta. Pricket.

— Srta. Pricket, creio que chamarei a sra. Web como eu quiser. — A srta. Pricket pareceu surpresa, mas sabiamente permaneceu calada. Então me lembrei de uma coisa. — Anita, já ia me esquecendo! Tive uma ideia maravilhosa de aventura para as nossas férias. Se mamãe concordar, poderemos fazer uma viagem juntas. A srta. Pricket pode nos acompanhar, não é, srta. Pricket? E, na verdade, é só para manter as aparências. Não precisa, de fato, nos acompanhar durante todos os nossos passeios.

— Claro, srta. Cruella. Ficarei feliz em acompanhá-las — ela disse, parecendo um pouco triste.

— Srta. Pricket, estamos fazendo alguns ajustes, certo? Levará um tempo, não se preocupe. No fim, nós duas assumiremos nossos lugares, e você me verá como sua patroa, não mais como alguém de quem deve cuidar. Embora eu não ache que precisemos ser tão formais com relação a isso, não é? Já que somos quase amigas, você e eu. — Ela pareceu ainda mais triste. Naquele instante, me dei conta de a srta. Pricket *me via* como amiga. Ou talvez algo mais.

CRUELLA

– Ah, Cruella… – Anita se pôs a falar, mas não prosseguiu. Eu não precisava que Anita me dissesse que eu havia magoado a srta. Pricket. Bem, eu tinha que fazer aquilo. Eu não poderia ter uma criada de quarto que me tratasse feito criança.

– Então vamos – falei, mudando de assunto. – Vamos logo nos aprontar. Jackson nos chamará para jantar a qualquer momento. – Mas elas não se mexeram. – O que foi? Por que estão me olhando como se eu tivesse matado um cãozinho?

CAPÍTULO VI

O FIM DE UMA ERA

A época do Natal era a minha favorita do ano. Eu me transformava. Ficava mais gentil. Mais generosa. Sem a angústia que passei a sentir mais tarde. Naquele tempo, eu adorava os dias que antecediam o Natal tanto quanto amava a data em si.

Todos os anos, mamãe e papai garantiam a comemoração dos criados nas férias de inverno. Eu sempre esperava ansiosamente pela chegada da árvore de Natal e das comidas das festas, e os criados também. Os balaústres e as cornijas eram enfeitados com festão, e em todos os vasos eram colocadas flores típicas dessa época do ano. À esquerda da enorme escadaria, no canto próximo à porta que dava para a sala matinal, ficava nossa gigantesca árvore de Natal. Ela chegava até o patamar de cima. Os criados sempre a decoravam lindamente. Enfeites delicados que minha família colecionava havia gerações, bem como velinhas cintilantes, cuja chama bruxuleava e se refletia nas bolas de natal, eram colocados na árvore.

CRUELLA

A srta. Pricket havia convidado a mim e a Anita para ajudar na decoração. Em outros anos, eu teria ficado ansiosa para colocar a estrela no topo da árvore, mas àquela altura eu pretendia apenas assumir o lugar de minha mãe até o horário em que ela supostamente chegaria naquela noite. Eu estava determinada a fazer tudo que mamãe teria feito se estivesse lá. Queria que ela visse que eu havia cuidado de tudo direitinho quando chegasse em casa. Eu queria agradá-la. E eu queria que ela visse que não precisávamos da maldita sra. Web. Além disso, mamãe nunca tinha ajudado os criados a decorar a casa. Ela se sentava na sala matinal até que a decoração estivesse pronta e, depois que os criados tivessem terminado, saía para dizer que tudo estava lindo. Então era isso que eu faria. Eu estava usando um bonito vestido vermelho e meus brincos de jade. Sem dúvida, eu parecia a dona da casa.

Então deixei Anita ajudar na decoração, e ela parecia estar se divertindo muito. Dava para ouvir sua voz alegre lá da sala matinal, e quase desejei estar lá com ela quando as cestas de comida chegassem. Elas sempre causavam agitação antes de serem levadas para o andar de baixo, para a masmorra em que a sra. Baddeley faria sua mágica. Depois eu descobriria que um par de faisões, um ganso e várias outras delícias tinham sido entregues para as nossas refeições do período de festas. Até os criados davam um tempo em seu cardápio usual de tortas de carne e guisados para desfrutar de um banquete próprio.

Minha mãe também tinha enviado presentes para os nossos criados e um bilhete pedindo que eu os embrulhasse. Ela chegaria a tempo de entregar a eles seus presentes de Natal, como era nossa tradição anual. Ela havia comprado metros de tecido para as criadas, para que fizessem novos vestidos para si, novas polainas para os criados e para o motorista, um lindo broche para a srta. Pricket, um novo relógio de bolso para Jackson e um relógio pingente para a sra. Web. Ela também havia enviado frutas cristalizadas e chocolates sortidos, e mandado Jackson abrir algumas garrafas de bebida da adega para a ceia de Natal dos criados. Minha mãe era sempre generosa com eles no Natal, e me dizia constantemente que eu deveria fazer o mesmo quando tivesse minha própria casa. "Um criado perdoa quase tudo se você for generosa com ele nas festas de fim de ano", ela costumava dizer.

Deixei Anita se divertindo e ajudando os criados a decorar a casa enquanto eu fazia os pacotes. Aproveitei para embrulhar os presentes de Anita enquanto ela estava ocupada com a srta. Pricket, fazendo um alvoroço ao redor da árvore. A casa estava barulhenta por causa das risadas, da música e da diversão, e eu estava ficando cada vez mais animada para ver minha mãe.

– Cruella, chegou a hora de se vestir para o jantar. – Era a srta. Pricket, enfiando a cabeça na soleira da porta da sala matinal, onde eu passara o dia todo embrulhando presentes. Eu não fazia ideia de que já era tão tarde.

– Hora de me vestir para o jantar? Mamãe já chegou? – Senti meu coração acelerar de ansiedade. – Ah… que droga! – Mexi no meu brinco, porque estava me incomodando demais.

– Espere. Permita que eu ajude você com isso – disse a srta. Pricket, afrouxando delicadamente o fecho. Eu me senti aliviada no mesmo instante.

— Obrigada, srta. Pricket. Isso me incomodou o dia todo.

A srta. Pricket me deu aquele olhar triste que eu conhecia bem. Eu já vira aquela expressão inúmeras vezes. E sempre significava a mesma coisa.

— Ela não vem, não é?

— Sinto muito, mas sua mãe não chegará a tempo para o jantar. Cruella, querida, agora que você já é mais velha, sinto que posso falar com você como uma irmã ou amiga falaria. Fico de coração partido ao vê-la lhe tratar tão mal.

Fiquei chocada.

— Como é, srta. Pricket? O que foi que disse? — Achei que não tinha ouvido direito. Ela certamente não havia falado mal da minha mãe.

— Desculpe, srta. Cruella, mas sei que você fica arrasada. Dá para ver na sua cara. Eu vi sua mãe te desapontar quase todos os dias desde que você era pequena, e ela continua fazendo a mesma coisa.

— Você não sabe nada sobre os meus sentimentos, srta. Pricket. Minha mãe me ama. Como ousa insinuar o contrário? — Em retrospecto, não sei por que tentei defender minha mãe. Eu sabia o que minha mãe sentia por mim; eu não precisava convencer uma intermediária de que minha mãe me amava.

— Ela não escreve para você nem a vê desde que seu pai morreu. Desde que ela lhe mandou para a escola. Isso não é jeito de tratar uma filha.

— Ela me manda presentes — falei, ainda em choque por ver a srta. Pricket falar com tanta franqueza e impertinência.

— Ela sempre lhe deu presentes, srta. Cruella. É só isso que ela lhe deu até hoje. É só isso que ela lhe dará pelo resto da vida, aquela mulher desalmada, cruel e terrível. Presentes lindos, mas nada de atenção.

Agora ela passara dos limites. Ela fazia muitas suposições. Seu status de intermediária a fazia acreditar que éramos amigas de verdade – *irmãs* até. Isso a fazia crer que podia falar mal de minha mãe para mim. Não precisei dizer nada. Ela viu a minha expressão, e nós duas soubemos que não havia mais o que se fazer. Eu jamais conseguiria olhar para ela do mesmo jeito. Eu jamais poderia confiar nela outra vez. Ela tinha que ir embora.

A intermediária tentou balbuciar pedidos de desculpa, mas eu a interrompi antes que pudesse dizer mais alguma coisa. Enfiei depressa algumas cédulas que peguei na escrivaninha em um envelope e o coloquei em sua mão.

— Aqui está seu último pagamento, srta. Pricket.

— Está me demitindo? – Ela ficou boquiaberta. Eu não podia acreditar que ela achava que poderia continuar trabalhando para mim depois de tudo que havia dito.

— Claro que estou. Não seja boba. Seria impossível mantê-la aqui.

Foi uma sensação muito estranha, mas ao mesmo tempo libertadora, assumir o controle daquele jeito. Naquele instante, percebi que estava prestes a iniciar um novo capítulo da minha vida. Eu estava me tornando uma dama e, com isso, assumindo uma enorme responsabilidade. Eu tinha certeza que minha mãe ficaria muito orgulhosa se me visse assumindo o comando daquela maneira. Não só assumindo o controle da minha vida, mas também a defendendo. A srta. Pricket tinha sido, até então, uma parte muito importante da minha vida, mas eu não podia permitir que ela ou qualquer outra pessoa criasse um conflito entre mim e mamãe. Ela havia passado dos limites, aquela linha invisível que nos separa de nossos empregados. E aquela era uma lição muito importante: eu não deveria nunca mais criar laços sentimentais com alguém da criadagem.

— Mas não tenho para onde ir. — Seus olhos se encheram de lágrimas, mas no meu coração ela não cabia mais. Aquilo não me comoveu.

— Não é problema meu. Você pode passar a noite no seu quarto. Mas não quero vê-la aqui amanhã cedo.

Ela não disse nada. Continuou lá parada, imóvel e incrédula, com lágrimas escorrendo pelo rosto. Ela parecia totalmente arrasada.

— Pode ir. Adeus, srta. Pricket. — Quando ela se virou para sair da sala, notei que chorava ainda mais, porém em silêncio. Ela girou a maçaneta devagar, tremendo ao abrir a porta. — Boa sorte em sua nova vida, srta. Pricket. Ah, e quando deixar esta casa amanhã, use a entrada de serviço.

Ela se voltou para mim com o rosto banhado em lágrimas.

— Eu a amei tanto, Cruella. E espero, do fundo do meu coração, que você não vire uma mulher cruel, triste e solitária *feito sua mãe.*

Bati a porta às suas costas, encerrando aquele capítulo da minha vida de uma vez por todas.

CAPÍTULO VII

VÉSPERA DE NATAL

Em casa, os criados celebravam o feriado na véspera de Natal. Era assim desde que eu era pequena, e eu não via motivo para mudar as coisas. Quando meus avós eram vivos, meus pais e eu costumávamos jantar com eles em sua casa, deixando nossa residência livre para que os criados pudessem comemorar e fazer estardalhaço à vontade. Mais tarde, depois que meus avós morreram, passamos a jantar com amigos de meu pai ou de minha mãe. Naquele ano, com mamãe longe de casa, sem papai e sem nenhum convite para jantar, Anita e eu ficamos em casa na véspera de Natal.

Também não podíamos sair para jantar sem uma acompanhante apropriada, agora que a srta. Pricket tinha sido demitida. Então éramos obrigadas a ficar em casa. Falei com Jackson sobre isso, garantindo que Anita e eu ficaríamos bem se a sra. Baddeley nos preparasse algo para comer e enviasse lá para cima numa bandeja. Eu não queria estragar a celebração deles. E, acima de tudo, eu queria prolongar a alegria das festas agora que eles provavelmente estavam curiosos para saber o que acontecera à srta. Pricket. A última coisa de que eu precisava era que mamãe não encontrasse nenhum criado ao chegar em casa. Eu contava com Jackson para espalhar a notícia sobre a srta. Pricket e dissipar qualquer receio que tivessem sobre a residência dos De Vil estar dispensando criados, como muitas mansões vinham fazendo nos últimos tempos.

— Ela me disse coisas desagradáveis sobre Lady De Vil — foi tudo que eu falei. Jackson compreendeu. E eu podia jurar que ele achava que eu tinha feito a coisa certa.

Enquanto eu falava com Jackson, a Aranha entrou deslizando na sala, feito um pesadelo ambulante de duas pernas.

— Srta. Cruella, já deixei avisado lá embaixo que você e a srta. Anita ficarão em casa esta noite. Por favor, toque a sineta se precisar de qualquer coisa. A refeição será servida na sala de jantar às oito. — Olhei perplexa para ela, tentando decidir se ela era tão horrenda quanto eu imaginara logo no início.

Ela era. Horrenda e detestável.

— Como eu dizia a Jackson, basta mandar qualquer coisa numa bandeja na hora do jantar, sra. Web. Não quero atrapalhar a comemoração de vocês esta noite. Anita e eu ficaremos bem felizes com uma noite tranquila, só nós duas. Faremos nossa ceia de Natal amanhã, como sempre.

— Mas Lady De Vil deu outras instruções, srta. Cruella, e a sra. Baddeley passou o dia todo cozinhando lá embaixo. Ela preparou um banquete. Eu detestaria decepcioná-la.

— Então isso é algo que você e Lady De Vil discutiram e só achou apropriado me dizer agora? — Eu havia quebrado o protocolo. Tinha admitido não saber de algo. Tinha admitido que minha mãe não me contava seus planos. Mas prossegui sem pestanejar. – Mas e a comemoração de vocês? Eu pretendia entregar os presentes esta noite, antes da ceia de Natal de vocês. Se estiverem ocupados preparando um banquete e limpando tudo depois, quando poderão celebrar?

– Durante o desjejum amanhã, como sua mãe instruiu.

– Durante o desjejum? Ah, não, sra. Web. Acha isso justo, Anita? – Anita balançou a cabeça, mas não disse nada. A doce Anita odiava conflitos. – Deteto quebrar tradições, sra. Web – continuei. – E não quero privar os criados de sua comemoração. Eles dão duro o ano todo, e essa é a recompensa deles por serem tão devotados e leais.

Esperei a sra. Web me desafiar, mas ela apenas apertou os lábios e permaneceu calada.

– Então está decidido. Faremos como sempre, como vínhamos fazendo há muitos anos, bem antes de sua chegada. – Eu queria que as coisas continuassem sendo feitas como eram antes da morte de papai e da partida de minha mãe. Tudo havia dado tão errado desde que papai se fora que achei que, talvez, se conseguíssemos fazer nossas comemorações de Natal como antigamente, em vez de deixar aquela mulher vil mudar as coisas, mamãe me perdoaria. Obviamente, eu nunca estivera mais errada. Eu estava contrariando as instruções de minha mãe. Mas os jovens nem sempre tomam as melhores decisões, independentemente de suas boas intenções.

A Aranha só olhou para mim, sem vacilar. Deduzi que ela não queria contrariar nem a mim, nem a minha mãe. Então ela permaneceu calada até Jackson quebrar o silêncio desconfortável.

— Srta. Cruella, sei que a sra. Baddeley ficaria terrivelmente desapontada se o banquete que preparou fosse desperdiçado. Ela está trabalhando duro desde cedo.

— Tive uma ideia! — Anita disse. A doce Anita. A amável Anita. Sempre zelando pelos menos favorecidos. Sempre querendo praticar o bem. Ela faria qualquer coisa para alegrar as pessoas, principalmente aquelas de quem gostava. Engraçado como, no fim, ela não pôde fazer o mesmo por mim.

Mas estou me adiantando. Essa parte da história vem só mais tarde.

— Vi o tanto de comida que a sra. Baddeley estava preparando — Anita disse. — É coisa demais só para nós duas. Tem mais que o suficiente para todos. E se convidássemos os criados para o nosso jantar de natal? E depois eles podem continuar celebrando lá embaixo, se quiserem.

— É muita gentileza sua, srta. Anita, mas nada convencional — disse a detestável Aranha. — Lady De Vil ficaria brava ao saber que os empregados jantaram aqui em cima.

A última coisa que eu queria era concordar com aquela mulher, embora ela tivesse razão. Minha mãe ficaria furiosa. Mas a expressão de Anita era tão sincera, e eu queria deixá-la feliz. Queria fazer algo legal por ela depois de tudo o que ela tinha feito por mim desde que meu pai falecera. Então propus uma alternativa.

— Bem, se os criados não se opuserem, Anita e eu poderíamos fazer a refeição com vocês lá embaixo. — Olhei para Jackson, porque sua opinião importava para mim. Ao contrário da sra.

Web, ele trabalhava para nossa família havia anos, desde antes do meu nascimento. A única outra pessoa que me conhecia há tanto tempo era a srta. Pricket. Talvez, se as coisas não tivessem acabado daquele jeito, eu estaria pedindo sua opinião naquele momento. – No entanto, não ficaríamos lá embaixo com vocês a noite toda. Só durante o jantar, e depois sairíamos para vocês continuarem celebrando. Não vamos mais precisar de vocês pelo resto da noite, prometo. Jackson só teria que preparar o carrinho de bebidas, e talvez uma bandeja de sanduíches para o caso de sentirmos fome antes de dormir – falei, observando Jackson e torcendo para que ele concordasse.

Achei que aquela fosse a maneira mais adequada de resolver nosso dilema.

– E, antes do jantar, posso entregar os presentes de vocês. Sem dúvida Lady De Vil gostaria de estar aqui para entregá-los pessoalmente, mas terei que fazer isso.

– Srta. Cruella. – O rosto da Aranha estava retorcido. – Isso é muito fora do comum, e não sei se sua mãe aprovaria essa proposta. – Sorri para ela do modo mais meigo que consegui. Relembrando o momento agora, eu me pergunto se não estava apenas feliz por contrariar a sra. Web. Eu nem havia pensado em como aquilo faria mamãe se sentir. Eu estava convencida de que ela ficaria feliz em ver que eu estava assumindo o controle e garantindo que nossas tradições familiares seriam mantidas. Mas não sei bem se aquela era a minha motivação real.

– Quero ouvir o que Jackson tem a dizer. Ele vem cuidando desta família desde antes do meu nascimento, e acho que ninguém melhor que ele para julgar. Jackson, concorda com a sra.

Web? Acha que minha mãe se oporia a unirmos as celebrações de Natal esta noite?

Jackson olhou feio para a Aranha.

— Creio que sim, srta. Cruella.

— Mas Jackson, eu queria tanto entregar o presente de vocês, e não quero privá-los de sua festa. Ficarei muito desapontada se não conseguirmos chegar a uma solução. — Jackson sorriu. Ele jamais negara um pedido meu. Desde a infância. E eu realmente queria que ele vencesse aquela batalha contra a sra. Web.

— Bem, srta. Cruella, a última coisa que quero é desapontá-la.

Sempre gostei de Jackson. De todos os criados, ele era o mais próximo de um membro da família. Estava sempre lá. Sempre leal. Sempre ao meu lado. E, depois da morte de meu pai, estava sempre cuidando de mim. É verdade, eu tinha ficado magoada com os comentários e a cara feia que fez quando mamãe partiu em viagem, mas ele jamais falou mal dela. Naquele momento, quando sua expressão geralmente séria se transformou em um sorriso indulgente só para mim, ele me fez lembrar muito de meu pai, de quem eu sentia uma saudade terrível. Não sei por que demorei tanto para enxergar Jackson daquele jeito. Para enxergá-lo *de fato*. Enxergá-lo como quando eu era pequena. Eu o adorava quando criança. Ele sempre fora muito atencioso comigo. E estava agindo assim outra vez.

Talvez fosse a magia do Natal, ou talvez eu só estivesse feliz por ter alguém do meu lado contra a Aranha, mas naquele dia enxerguei Jackson como ele realmente era. E vencemos a batalha juntos, Jackson e eu. Fomos aliados em uma luta contra a maldita Aranha.

— Então está decidido! Faremos nossa ceia de Natal lá embaixo, todos juntos. Vai ser divertido!

Anita e eu trocamos de roupa antes do jantar. Lembro de ter me sentido aliviada por não ter que me emperiquitar para o jantar. Se fôssemos fazer a refeição no andar de cima, na sala de jantar, com minha mãe, teríamos que nos vestir como se estivéssemos recebendo a Rainha para cear conosco. Como não era o caso, vestimos roupas simples e confortáveis. Nem coloquei os brincos que havia ganhado de papai.

O salão dos criados estava decorado com um festão colorido feito de elos de papel entrelaçados, sempre alternando entre vermelho e verde. Havia ramos de azevinho e de pinheiro amarrados com fitas vermelhas sobre as portas. No canto próximo à lareira havia uma árvore pequena, enfeitada com carreiras de pipoca e oxicoco, e contas douradas desbotadas que cintilavam com as chamas.

O ambiente lá embaixo era muito mais alegre do que eu me lembrava. Eu não havia passado muito tempo no salão dos criados; a maioria das minhas visitas sempre foi à cozinha. Anita e eu cumprimentamos a sra. Baddeley assim que descemos as escadas, mas fomos enxotadas e obrigadas a fechar os olhos.

— Estou preparando algo especial para vocês, queridas! Não vale espiar!

CRUELLA

Anita e eu rimos. Era como nos velhos tempos.

A cozinha era separada do salão dos criados por um grande armário embutido na parede. Havia uma janela bem no meio do armário, que permitia que os criados que estivessem no salão passassem coisas para aqueles que estivessem na cozinha, e vice-versa, sem que tivessem que dar a volta pela porta.

O salão tinha uma mesa de jantar comprida, que já estava posta com os antiquados pratos com padronagem Blue Willow. Do outro lado do salão ficava uma grande lareira com moldura e duas poltronas voltadas para o fogo, que presumi serem de Jackson e da sra. Baddeley. Entre as poltronas, havia uma mesinha redonda de madeira, bem como diversas almofadas pequenas espalhadas sobre um antigo tapete que me lembro que costumava ficar na sala matinal quando eu era pequena. Deduzi que era ali que os outros criados se sentavam quando não estavam à mesa de jantar, talvez para se esquentarem diante das chamas enquanto tomavam seu chocolate quente antes de dormir. Era um lugar aconchegante.

— Estou tão feliz por você ter decidido jantar aqui embaixo com os criados, Cruella — falou Anita, sorridente. — Seria solitário ficarmos só nós duas lá em cima. Sempre achei que o Natal fosse uma ocasião para se passar com a família. — Anita notou que me encolhi quando ela disse "família", mas não fiquei brava com ela. Eu entendia o que ela queria dizer. *Era* um momento para se passar com a família, e eu sentia falta de meu pai e de minha mãe mais que nunca.

— Entendo. Você vê a sra. Baddeley e Jackson como família.

— Eu também via a srta. Pricket assim. — Havia tristeza em sua voz, mas também havia algo mais.

112

— Sei que está decepcionada, Anita, mas não quero falar sobre a srta. Pricket. Pelo menos não agora. Não diante dos outros criados.

— Mas você os *vê* como família, não? — ela perguntou.

Pensei a respeito.

— Talvez não como você, Anita. Mas adoro o fato de eles a tratarem como membro da família. Porque, para mim, você é uma irmã querida.

— Você também é uma irmã para mim, Cruella. Não sei o que seria de mim sem você.

Ah, como é doloroso pensar que Anita e eu não somos mais próximas. Que ela não me ama mais como antes. Mas não devo divagar. Aqueles foram dias felizes. Ou pelo menos eu achava que tivessem sido. Os dias que antecederam a traição de Anita — logo ela, que era praticamente o meu mundo.

Mas voltando à véspera de Natal. Anita e eu estávamos no salão dos criados observando o ambiente quando a sra. Baddeley abriu a passagem no centro do armário, seu rosto corado e alegre espiando através da abertura.

— Oi, srta. Cruella. Desculpe por tê-la enxotado.

Sorri para a mulher.

— Entendo que esteja tramando alguma coisa, preparando algum tipo de surpresa! Aposto que consigo adivinhar o que é! — Imaginei infinitas gelatinas de framboesa, e ri sozinha.

— Ah, não, Cruella! Terá que esperar para ver! — Ela voltou a fechar a passagem com um gesto dramático e engraçado. Anita sorriu para mim.

— Viu como ela não é tão ruim assim? Sei que ela a irrita, mas no fundo é uma mulher muito bondosa e que a ama muito.

Nunca me havia ocorrido que a sra. Baddeley me amasse. Não até Anita dizer isso. E aquilo me fez pensar... Será que eu tinha entendido tudo errado? Talvez ela sempre tivesse me amado, do mesmo modo que Jackson, desde que eu era uma garotinha. Por que eu tinha levado tanto tempo para perceber? De repente, me senti tão envergonhada por ter demitido a srta. Pricket. Era quase como se a mulher que eu tinha sido naquele momento fosse totalmente diferente daquela de então. E como se ela tivesse saído de mim sem meu conhecimento ou permissão. Eu não gostava do que aquela pessoa que morava dentro de mim tinha dito e feito, foram coisas terríveis. Mas às vezes eu sentia que não podia controlá-la.

Eu queria desesperadamente conversar com Anita sobre o assunto, mas não naquele momento. Eu teria que esperar até depois do jantar. O que se passava na minha mente era estranho demais para ser dito em voz alta naquela sala alegre. Algo dentro de mim estava mudando, algo que eu não sabia explicar.

Mas não havia tempo para sair de fininho e conversar. Todos se dirigiam ao salão dos criados e ocupavam seus assentos em volta da mesa.

Ofereceram a mim o lugar de Jackson, na cabeceira da mesa, mas recusei, preferindo me sentar ao lado de Anita, de costas para a cozinha, para que ficássemos contemplando a lareira e a arvorezinha.

— Não, Jackson, aquele lugar de honra é seu. Não posso me sentar lá. Esta noite sou sua convidada – falei. A sra. Baddeley pareceu tão tocada pela minha fala que me perguntei se havia alguma coisa entre eles. Eu sempre ouvia histórias de mordomos e cozinheiras que vivem o amor na velhice. Às vezes, era o mordomo e a governanta. Mas algo na forma como a sra. Baddeley olhou para Jackson me fez imaginar se havia algo entre eles e questionar se o interesse era mútuo. Obviamente, Jackson era estoico demais até para demonstrar seus sentimentos por uma mulher.

Ao olhar para todos em volta da mesa, notei que faltava uma pessoa.

— Onde está a sra. Web? — perguntei.

— Ah, ela faz suas refeições em seu quarto — replicou a sra. Baddeley, revirando os olhos e fazendo um gesto engraçado com as mãos, como se fosse a mulher mais chique da face da Terra.

— Ah, é? Então quer dizer que ela se acha importante demais para comer com os outros empregados? — perguntei, fazendo todo mundo rir e quebrando o gelo. Era tão bonito ver todos ao redor da mesa, sorrindo e se divertindo. Todas as criadas falavam e riam, até a sra. Baddeley interromper a conversa delas.

— Sr. Jackson, poderia pedir para Jean ligar o rádio? Acho que transmitirão um concerto de Natal esta noite.

O rosto de Jackson se iluminou.

— É uma ideia maravilhosa, sra. Baddeley, e, aproveitando a deixa, não seria ruim abrirmos uma garrafa de vinho. Afinal, é Natal — ele disse, dando uma piscadela.

Foi uma ótima noite de comida, bebida e músicas natalinas no rádio. Anita tivera a ideia de levar lá para baixo umas surpresas de Natal,[1] então todos usavam coroas festivas de papel enquanto desfrutavam do esplêndido banquete preparado pela sra. Baddeley.

— Quero propor um brinde — falei, ficando de pé. — À sra. Baddeley, por esta refeição deliciosa!

— À sra. Baddeley! — todos brindaram. Até Jackson parecia festivo, usando sua coroa de papel alegremente, embora tivéssemos tido que convencê-lo a colocá-la na cabeça. Foi uma noite feliz, cheia de risos, comida e, sim, tempo em família.

Adorei ver os rostos alegres de todos eles reunidos. Fazer a refeição lá embaixo era muito mais legal do que na sala de jantar. Ninguém chamava a minha atenção para que eu agisse feito uma dama. As pessoas passavam grandes tigelas e travessas de comida umas para as outras, servindo a si mesmas. Jackson cortava o tradicional bife Wellington como se fosse o patriarca daquela família. A sra. Baddeley preparara todos os meus pratos prediletos, assim como os de Anita.

— Ah, sra. Baddeley, sua maravilhosa! Lembrou que adoro seus palitinhos de queijo! — Anita exclamou de alegria. A sra. Baddeley sorriu entre bocados de bife Wellington.

— Claro, minha querida. Lembro de todos os seus pratos preferidos. E dos da srta. Cruella também.

— Estou vendo, sra. Baddeley — falei, observando a mesa de doces cheia de tortas de limão, biscoitinhos polvilhados

---

1 No original, *Christmas crackers*. São tubos de papelão embrulhados em papel colorido que trazem em seu interior uma coroa de papel (que deve ser usada durante a ceia), uma charada ou mensagem escrita num pedaço de papel e um brinde (um doce ou lembrancinha). São necessárias duas pessoas para abrir essas surpresas: cada uma puxa uma extremidade, fazendo com que a embalagem se rompa com um estalo. (N.T.)

com açúcar, um bolo de nozes com rum e um bolo de três andares com cobertura de glacê branco. – E o pudim parece delicioso. Será que conseguiremos comer tudo isso? – perguntei enquanto colocava mais batatas assadas e cenouras no meu prato.

– Ainda não viu nada. Espere só até ver minha surpresa – ela disse.

– Tem mais coisa? – Anita perguntou. – Não posso imaginar como isso seja possível!

Então me lembrei. Os presentes!

– Eu estava tão animada com nossa festinha que acabei esquecendo de entregar os presentes de vocês! Vou lá em cima buscá-los!

– Não, srta. Cruella. – Jackson colocou uma mão gentil em meu ombro. – Sente-se. Ainda temos as sobremesas. A sra. Baddeley passou o dia todo preparando sua surpresa. Além disso, você é nosso presente esta noite. Estamos muito felizes por termos você e a srta. Anita aqui conosco.

– Isso! – disse Jean.

– Fique, por favor. Pode nos dar os presentes depois – falou Paulie.

– Estas pessoas amam você, Cruella – Anita sussurrou para mim. – Quem mais faria Jackson usar uma coroa de papel?

– Bem, sra. Baddeley, acho que está na hora de Paulie buscar a sua obra-prima de Natal – Jackson disse, chamando a atenção da sra. Baddeley e dando uma piscadela.

– Ah, sim. Paulie, vá buscar. Está na travessa de prata, na bancada – ela disse, acrescentando: – Jean, vá ajudá-la. E não tropecem e estraguem a surpresa da srta. Cruella. – Dei risada. A sra. Baddeley não era nada horrível. Se Jackson era o pai daquela família, sem dúvida a sra. Baddeley era a mãe.

– Tenho certeza de que elas trarão direitinho, sra. Baddeley – disse Jackson.

E então a surpresa chegou. A maior e mais magnífica gelatina que eu já tinha visto. Era de framboesa, é claro, e havia cerejas e laranjinhas em seu interior. Não parecia possível tirar uma gelatina daquele tamanho do molde sem quebrá-la. Era lindamente decorada com flores de chantili. Eu me senti uma garotinha outra vez. Era a surpresa mais maravilhosa de todas. Senti uma sensação de ardência estranha nos olhos, e percebi que estavam marejados. Naquele instante, decidi que amava gelatina mais que quase tudo, porque aquela mulher gentil a tinha feito para mim.

– Ah, sra. Baddeley. Adorei. Obrigada – falei, levantando-me e beijando a bochecha dela. – Sou tão grata por ter você e por passar esta noite com todos vocês. – A sra. Baddeley me deu um abraço apertado. Quando me afastei, havia farinha em meu vestido. Mas, dessa vez, eu não me importei.

Após o jantar, os criados convenceram Anita e eu a ficarmos mais um pouco para tomarmos uma taça de vinho quente e cantarmos umas canções natalinas antes que voltássemos lá para cima. Meu coração estava quentinho, e meu rosto, vermelho. Meus fantasmas não eram fantasmas. Eram pessoas e me amavam. Anita tinha razão. Eles eram a minha família.

E então a campainha tocou.

Não esperávamos visitas. Mas Jackson vestiu seu paletó depressa e subiu para ver quem era.

— Devem ser só umas crianças cantando músicas de Natal, srta. Cruella. Volto já.

— Não seria ótimo se todos nós subíssemos para dar a eles alguma coisa? Os pobrezinhos — falei.

— Sim! — disse Paulie. — Já sei! Vamos dar a eles uns chocolates que sua mãe nos mandou. Eles vão gostar.

A sra. Baddeley entrou na conversa.

— Jean, vá pegar uma cesta na cozinha. Uma das minhas cestas de vime que uso para fazer compras. Traga-a aqui com um pouco de papel-manteiga. Podemos embrulhar alguns desses biscoitos também.

— Ah, isso é tão empolgante — eu disse a Anita. Senti que vivíamos a nossa aventura ao subirmos a escada com nossa cesta de chocolates e biscoitos para entregarmos às crianças cantoras. Todos nós nos posicionamos, prontos para surpreender os pequeninos. — Tudo pronto, Jackson. Pode abrir a porta — falei, com a sensação de que eu iria explodir de tanta alegria naquela noite. Eu nunca estivera tão feliz após a morte de papai.

Jackson abriu a porta, mas não havia crianças lá fora.

Era mamãe.

— Jackson! O que significa isso? — Minha mãe ficou furiosa ao ver as coroas de papel tortas, os rostos corados e as expressões alegres. Então seus olhos pousaram em mim. Eu nunca a tinha visto tão irritada.

— Mamãe! Não esperávamos sua chegada! — falei. Parte de mim estava muito feliz em vê-la depois de todo aquele tempo.

Outra parte de mim tinha um mau pressentimento, sentia um frio na barriga.

— Dá para perceber! Olhem só para vocês! Minha nossa, Cruella, você está toda desmazelada! O que diabos está acontecendo aqui? Explique-se!

— Pensamos que eram crianças cantando músicas natalinas — falei, murchando diante de sua raiva e desaprovação. — Achamos que seria legal subir e trazer doces para eles.

— Não estou entendendo, Cruella! O que você estava fazendo lá embaixo? — Ela examinou a farinha espalhada pelo meu vestido. A farinha com a qual eu não me importara minutos antes. Minha mãe estava tão brava comigo; eu não podia contar a ela que havíamos passado a noite toda celebrando o Natal lá embaixo com os criados. — Cruella, responda-me! Quem teve essa ideia?

Foi Anita quem se adiantou.

— A ideia foi minha, Lady De Vil — ela disse com sua voz macia e meiga. Anita sempre se mostrava mais corajosa do que eu pensava.

Vocês devem tomar cuidado com gente quietinha. Escutem o que estou dizendo. Garotas caladas e observadoras são as mais perigosas.

Minha mãe olhou para Anita como se não a conhecesse, como se ela não tivesse dito nada, e se dirigiu a Jackson.

— Jackson, mande os criados lá para baixo. — Eu queria dizer que ainda não tivera a oportunidade de entregar os presentes deles. Eu queria dizer que a ideia tinha sido minha. Mas não consegui abrir a boca. No fim, eu não era tão corajosa quanto

Anita. – Cruella, quero falar com você na sala matinal. Anita, poderia nos dar licença? – Anita olhou por cima do ombro enquanto descia a escada. Dava para ver que ela se sentia mal e que estava preocupada comigo. Dei a ela um sorriso tranquilizador enquanto me dirigia à sala matinal com minha mãe. Mas nós duas sabíamos que meu sorriso era falso.

Mamãe fervia de raiva.

– Obviamente, essa garota é uma influência terrível para você. Passo seis meses longe e encontro você desse jeito quando volto para casa? Veja o seu estado. Que roupa é essa, Cruella? Por que está vestida como uma garota ordinária? Nem está usado os brincos que seu pai lhe deu!

Era verdade. Eu não estava devidamente vestida. Eu usava um dos meus vestidos mais simples, algo que geralmente vestia quando saía para caminhar no parque ou no bosque. "Roupas de caminhada" era como minha mãe chamava esses trajes. Eu não quisera parecer arrogante e exibida. Minha intenção fora não chamar a atenção lá embaixo. E, naquele momento, eu me sentia deslocada na sala matinal com minha mãe. Eu sentia meu rosto quente e imaginava se estaria vermelho.

– Isso é demais, Cruella. Demais. Eu mandei você para aquela escola para que se tornasse uma dama, não uma criada ordinária. Sem dúvida, Anita tem sido uma má influência para você! Eu não devia tê-la mandando para a escola com você – minha mãe disse, enchendo seu copo de xerez e sentando-se em seu lugar usual no sofá de couro.

– Isso não é verdade, mãe!

— Não é verdade? Desde quando você se veste desse jeito na véspera de Natal? Dei à sra. Web instruções precisas sobre como esta noite deveria ser, e você contrariou meus desejos. Nem sei mais quem é você. — Sra. Web. É claro. Fora ela quem me dedurara à mamãe.

— Ela lhe contou?

— Claro que me contou. Ela é a governanta da casa. Ela é meus olhos e meus ouvidos quando estou longe. Você não deve bancar a dona da casa com ela, entendeu? Ela faz o que eu mando quando não estou aqui para dar as ordens pessoalmente.

— Ela é uma mulher terrível, mãe. Ela queria que os criados abrissem mão da celebração de Natal deles. Não acreditei que essa fosse a sua vontade. Qual o problema em permitir que os criados façam uma pequena comemoração? Você e papai me contaram sobre as festas que os criados da vovó faziam antigamente. Qual a diferença entre aquelas festas e o que fizemos esta noite?

— Toda a diferença do mundo! A propriedade da sua avó era imensa, Cruella, um mundo à parte. Com velhas tradições que vinham de tantas gerações que até se perde a conta. Nós moramos na cidade. Jantar na cozinha com os criados não é coisa que se faça. E se as outras damas descobrirem? E se Anita contar o que aconteceu às filhas dos tutores dela? Esse tipo de notícia se espalha pela sociedade. Seríamos motivo de chacota.

Ela não me dava tempo para responder ou tentar me defender.

— Tomei uma decisão, Cruella. Não quero que volte para aquela escola. Acho que já está na hora de você ser apresentada à sociedade. Precisamos encontrar um marido para você sem demora! Alguém que seja capaz de controlá-la e que a faça mudar de atitude.

Eu não podia acreditar que ela estava dizendo aquilo.

– Que atitude? – perguntei.

– Acha que não sei o que você tem aprontado na escola? Suas ameaças à diretora e seu constante comportamento presunçoso, sua arrogância com as outras alunas graças à sua devoção fervorosa a Anita e à sua vontade de defendê-la? Afastando-se de todas as moças apropriadas que deveria conhecer lá. Isso tem que acabar! Não quero mais que você veja aquela garota, entendeu?

E, pela primeira vez, confrontei minha mãe.

– Anita é minha melhor amiga!

– Ela não é sua amiga! É pouco mais que uma empregada. E não permitirei que ela a influencie desse jeito!

– A festa foi ideia minha, mãe. Não de Anita.

Mas minha mãe não acreditou em mim.

– Não minta para mim, Cruella! E não discuta comigo. Vou tirá-la da escola e você não verá Anita nunca mais.

– Não pode me impedir de ver Anita, Mãe, não pode! E, por favor, permita que eu termine a escola. Eu estava tão ansiosa para voltar.

– Isso não será possível, Cruella. Não depois de você ter envergonhado a si mesma e à nossa família ao defender aquela garota ordinária! E a encontro aqui quando volto para casa. E, pelo que a sra. Web me contou, ela passou praticamente o verão inteiro aqui antes de vocês irem para a escola, não?

— A srta. Pricket disse que você não se importava. Você estava longe! Eu não tinha ninguém!

— A srta. Pricket não me disse nada. Aquela mulher sempre foi muito permissiva com você. Sempre fazendo as suas vontades pelas minhas costas. Insistindo para que eu a visse todas as tardes antes de sair. Insistindo em comprar presentes para o seu aniversário, enfiando aquela Anita dentro de casa quando eu não estava aqui. Eu pretendia demiti-la, mas pelo visto você foi mais rápida.

— E agora me arrependo — falei. E era verdade. Naquele momento descobri que sempre fora a srta. Pricket quem cuidara de mim. Fora ela a responsável por todas as minhas alegrias desde a infância. E, de repente, todos os olhares tristes da srta. Pricket fizeram sentido para mim.

— Quero Anita fora desta casa amanhã bem cedo, Cruella. Não a quero em minha residência mais uma noite. Tê-la aqui me deixa aflita. Como se um predador rondasse a casa.

— Mãe, por favor! O que posso fazer para consertar as coisas? O que posso fazer para que você deixe Anita ficar? — Mas não havia nada que eu pudesse dizer ou fazer. Ela estava disposta e decidida a expulsar Anita, e aquilo partia meu coração.

— Cruella, como se já não bastasse Anita estar praticamente morando aqui, você ainda vai *jantar* lá embaixo com os criados. Pelo amor de Deus, esse tipo de...

— Gente, mãe. Esse tipo de gente — falei. E então me dei conta de que eu era tão culpada quanto minha mãe. Durante toda a minha vida, eu pensara neles como fantasmas ou intermediários, quando, na verdade, eram gente como eu. Eram minha família. Talvez mais do que os meus parentes de sangue. E lá estava ela, proibindo-me de ver minha única amiga e tentando me afastar das únicas pessoas que sempre se importaram comigo, além de papai.

— Eles não são gente, Cruella. Não como você e eu! E não permitirei que você socialize com eles. Uma coisa era fazer isso quando você era pequena, mas agora você é uma dama! E não permitirei mais que Anita a influencie! Você já tem dezessete anos, e terá dezoito na próxima estação. Idade suficiente para se casar. Quanto antes arranjarmos uma casa só para você e um marido para controlá-la, melhor. E assunto encerrado!

CAPÍTULO VIII

DESTAQUE-SE

Não voltei à escola após as férias de fim de ano, e minha mãe fez de tudo para que eu não visse mais Anita. Ela retornou à escola enquanto eu fiquei em Londres, frequentando todo baile e evento social em que minha mãe me metia. Era um pesadelo.

Ela me exibia em toda parte como se eu fosse um pavão, coberta de plumas e joias brilhantes, e tinha que aguentar um desfile sem fim de rapazes entendiantes. Ao olhar para aquele tempo, acho que eu deveria ter encontrado um jeito de me divertir mais. Só que eu me ressentia de minha mãe por me manter afastada de Anita. Eu estava arrasada e fazia minha mãe se arrepender em cada oportunidade.

Antes de seu retorno para casa, na véspera de Natal, eu pretendia me acertar com ela. Mas então ela voltou e passou a dedicar todo o seu tempo a mim e a me comprar as roupas mais bonitas, e finalmente me dava a atenção que eu tanto havia desejado, mas estava tudo errado. Eu a contrariava a todo momento.

Eu escrevia a Anita várias vezes por semana, e nós contávamos uma à outra sobre nossas rotinas e fazíamos contagem regressiva até o dia em que ela voltaria para casa. As cartas de Anita eram sempre tão alegres. Obviamente, ela estava indo bem na escola, e estava positivamente surpresa por ter gostado da nova aluna com quem passara a dividir o quarto. Eu odiava a ideia de Anita estar passando tempo com sua nova colega de quarto, fazendo nossas caminhadas com ela, tendo nossas conversas e lendo nosso livro de contos de fadas. Eu a queria em casa, que era o lugar dela.

Depois de ter sido apresentada à sociedade, os infinitos bailes e eventos sociais glamorosos tiveram início.

Minha mãe estava louca para que eu aceitasse alguma das várias propostas que havia recebido dos meus diversos pretendentes. Eu era um bom partido, por assim dizer. Além ser de bem-nascida, eu logo teria direito a uma quantidade obscena de dinheiro. Ao longo dos últimos meses, minha mãe havia convidado uma legião de jovens cavalheiros para jantar, às vezes os chamando para passar o fim de semana conosco, se fossem de outra cidade e estivessem em Londres a passeio. Mães socialite mercenárias fazem de tudo para arranjar maridos adequados para suas filhas, e a minha era incansável.

Toda manhã era a mesma coisa. Ela adentrava a sala matinal e me dizia qual era a nossa programação do dia, isto é, se não tivéssemos um hóspede.

– Bom dia, Cruella! – Sua voz soava, e eu sabia que teria que enfrentar mais um ataque casamenteiro.

— Bom dia, mãe. — Ela pegava uma xícara de café e se sentava comigo à mesa com sua agenda.

— Que saudade sinto de quando você me chamava de mamãe.

Eu revirava os olhos e respondia algo do tipo:

— Bem, como você mesma diz, agora sou uma dama. Estou apenas falando como uma.

Ela fingia que não tinha me ouvido e me comunicava nossas atividades do dia anotadas em sua agenda.

Certa manhã, calhou de termos um hóspede. Ele ainda não tinha aparecido na sala de jantar.

— Jackson, Lorde Silverton já acordou? — Minha mãe perguntou enquanto Jackson e Jean colocavam doces, frutas frescas e ovos sobre a mesa.

— Já, Lady De Vil. Ele descerá daqui a pouco. — Jackson deixou o jornal no lugar reservado a ele na mesa. — Achei que talvez Lorde Silverton queira ler o jornal.

Sorri para Jackson.

— Talvez ele possa dar uma olhada nos horários de partida dos trens. Certamente deve estar louco para voltar para casa.

Minha mãe pousou sua xícara de café na mesa com um movimento que demonstrava irritação

— Cruella. Ele é um rapaz muito fino.

— Claro, mãe. Tenho que certeza que é. Mas ele também é incrivelmente chato.

— Cruella, é dever de uma dama manter a conversa fluindo. Se você fica entediada é porque não está fazendo seu trabalho direito. — Ela pegou uma pilha de convites de uma bandeja de prata que Jackson lhe estendeu.

CRUELLA

— Ah, eu faço perguntas e ele fica feliz demais por poder falar de si mesmo. Eu só não quero ouvir mais nenhuma de suas histórias enfadonhas, mãe. Só ouço histórias sobre cavalos, caça a raposas e tiros em codornas. Não temos nada em comum — falei, tomando meu café e decidindo se queria comer algo. Eu me sentia nauseada só de pensar em aguentar outra conversa com Lorde Silverton. Ah, ele até era bonitinho. Loiro e bronzeado, de traços delicados, olhos azuis e tudo mais. Perfeito e sem graça, como um sorvete de baunilha.

— Seu pai e eu não tínhamos nada em comum, e veja só no que deu — ela comentou, fitando-me de canto de olho enquanto tomava seu café.

— Ficarei feliz em encontrar um homem como papai, caso decida me casar — falei. — Mas com relação a Lorde Enfadonhenton, não há dinheiro no mundo que me faça querer casar com ele. — Não pude segurar o riso diante da minha própria piada. *Alguém* tinha que rir, já que minha mãe não parecia ter achado nem um pouco engraçado.

— É claro que vai se casar, Cruella. E pare de inventar apelidos ofensivos para as pessoas.

— Tudo bem, mãe. — Mas ela não havia me convencido.

Já fazia tempo que eu havia botado na cabeça que não me casaria. Já estava claro para mim que eu detestava que me dissessem o que fazer. Eu queria ser independente.

— Nenhum homem que valha a pena permitirá que seus filhos tenham o sobrenome de sua esposa, mãe — falei.

130

— Ah, querida Cruella. Se você encontrar um marido rico o bastante como Lorde Silverton, não terá que se preocupar com isso. — Eu não podia acreditar que ela estava sugerindo que eu ignorasse os desejos de meu pai.

— Fiz uma promessa ao papai. Está decidido, mãe. Se um dia eu me casar, e duvido que isso aconteça, não adotarei o sobrenome de meu marido. — Minha mãe fechou sua agenda e deu batidinhas na capa com a caneta.

— Bem, Cruella, a Rainha não adotou o sobrenome de seu marido, e veja só o que aconteceu. Quer passar o resto da vida ressentida com seu marido?

Dei risada.

— Ah, mãe, esse é um dos motivos que me fazem não querer casar. — Pensei a respeito. — E a Rainha é a Rainha. Se eu fosse rainha, estaria disposta a fazer o sacrifício de viver ressentida com meu marido.

— Isso é insolente demais até para você, Cruella.

E então Lorde Enfadonho adentrou a sala de jantar.

— É uma pena saber disso, Lady Cruella — ele disse, sorrindo para mim de um jeito que ele obviamente achava galante. — Mas aposto que posso fazê-la mudar de ideia. Acredito que sua mãe tenha recebido o convite para que você passe o fim de semana em minha residência. — Ele estava radiante, animado demais para alguém que ainda nem tinha tomado café. Eu me imaginei casada com aquele homem sempre feliz e meu estômago se contorceu.

— Ah, não sei, Lorde Silverton — falei, mas ele continuou pressionando.

CRUELLA

– Será um fim de semana excelente, Lady Cruella. Sei que não conseguirá recusar meu pedido depois que conhecer seu futuro lar. – Achei que minha mãe fosse saltar da cadeira e começar a dançar sobre a mesa de jantar. (Não que ela fosse fazer mesmo uma coisa dessas, mas eu sinceramente nunca a tinha visto tão feliz em toda a minha vida.)

– Cruella! – ela crocitou. – Você não me disse que Lorde Silverton havia lhe pedido em casamento. Jackson, traga o champanhe! – Eu continuei sentada, tomando meu café e rindo.

– Não se incomode, Jackson. Não precisaremos do champanhe. – O rosto de minha mãe murchou mais do que os suflês malsucedidos da sra. Baddeley.

– Cruella! Tem que ser sempre assim selvagem? Nem deu uma chance a Lorde Silverton. – O fato era que Lorde Pomposo não havia me pedido em casamento. Mas suas intenções estavam bem claras. Será que ele não sabia que as mulheres gostam de um pouco de mistério?

– Não se aflija, Lady De Vil – disse Lorde Gafe, afastando seus cabelos de Príncipe Encantado do rosto. – Ainda não fiz o pedido. Pretendo fazê-lo depois de conquistar Cruella com o maravilhoso fim de semana na propriedade dos meus pais. Sei que ela não conseguirá recusar.

– Não poderei ir, Lorde Silverton. Já temos muitos compromissos. Eu não posso cancelá-los. Seria rude.

– Ah, posso cancelar todos os compromissos, Cruella. Deixe isso comigo – disse minha mãe. – Aproveite o fim de semana com Lorde Silverton. – Fiquei encurralada. Não havia como es-

132

capar sem ser grossa, e eu receava já estar no limite da paciência de minha mãe. Eu não tinha escolha.

– Lorde Silverton, nada me deixaria mais feliz que aceitar seu convite – falei sem emoção.

– Ah, isso é excelente, Lady Cruella! Ligarei para a minha mãe para avisá-la de sua chegada.

Sorri e, com ousadia, segurei a mão dele.

– Eu não imaginava que você fosse tão progressista, Lorde Silverton. Jamais pensei que você fosse o tipo de homem que não se importa em adotar o sobrenome da esposa. – Pela primeira vez desde sua chegada, o sorriso de Lorde Silverton murchou.

– O que disse, Lady Cruella? – ele perguntou. – Devo tê-la entendido mal.

Sorri com malícia para minha mãe.

– Não, Lorde Silverton. Receio que tenha entendido bem. Sabe, o último desejo de meu pai foi que eu mantivesse meu sobrenome. Sou a última dos De Vil. – Lorde Silverton pareceu totalmente decepcionado e um pouco assustado. Ele não havia feito o pedido ainda, e dava para ver sua mente trabalhando, imaginando se eu o obrigaria a manter sua palavra. Eu não me importava em deixá-lo se contorcer mais um pouco antes de tirá-lo do anzol.

– Minha mãe jamais permitiria isso – ele replicou, agitado. – Tem certeza disso, Lady Cruella? Não há como contornar a situação?

Baixei os olhos, fingindo estar terrivelmente decepcionada.

— Receio que não. — E então fiz uma jogada arriscada. — Bem, talvez haja uma maneira — falei, encarando seus olhos tristes. — Eu poderia abrir mão da minha herança. Acho que isso não importaria para uma família abastada como a sua. — A expressão de Lorde Silverton mudou completamente. A fachada sorridente e radiante deu lugar à raiva e à frustração. Eu tinha ouvido rumores de que a família dele vinha enfrentando problemas financeiros, e que considerava vender parte de suas terras para manter a propriedade. Era um milagre que tivessem conseguido manter aquele trambolho imenso por tanto tempo. Eu já tinha visto muitas famílias arruinadas apenas por tentarem manter suas residências enormes e onerosas. O último recurso era sempre arranjar um casamento com alguém de uma família rica. E minha suposição estava certa.

— Ah, acabei de me lembrar, preciso pegar o próximo trem...

Dei um tapinha gentil na mão de Lorde Pobretão.

— Não precisa dizer mais nada, Lorde Silverton. Eu entendo perfeitamente. Libero você de qualquer acordo que possa ter existido entre nós. — Então ele disparou sala afora, mal parando para agradecer e se despedir de minha mãe. Ela ficou furiosa.

— Cruella! Como ousa afugentá-lo desse jeito?

Fui até o aparador e enchi minha xícara de café outra vez enquanto ela me repreendia.

— Você ouviu o que ele disse. Lady Silverton não permitiria que ele se casasse com uma mulher que queira manter o próprio sobrenome — respondi.

— Seria assim tão trágico não cumprir os desejos de seu pai? — ela perguntou.

— Mãe! A família dele deseja que ele se case com alguém que tenha dinheiro. Ele não estava interessado em mim, apenas na minha fortuna.

Ela bateu na mesa com força, fazendo tremer as xícaras e os pires.

— Eu teria acertado um valor com a família dele. Você não entraria nesse casamento sem um tostão, eu teria acertado um valor anual para você comprar seus vestidos também. É por isso que você tem que deixar que eu resolva essas coisas, querida. Eu teria acertado tudo. — Foi naquele instante que eu soube que minha decisão de jamais me casar estava certa. A simples ideia de ter minha mãe acertando os detalhes do meu casamento com a mãe de um barão ou lorde em uma sala de estar pomposa, concordando em pagar certa quantia a eles para se livrar de mim, como se eu fosse uma espécie de vaca premiada, era risível. Aquilo me fazia lembrar da srta. Upturn, e de Arabella Slaptton, e de tudo que eu odiava.

— Mãe, eu nunca me casarei! Nunca! Então bem que você poderia tirar essa ideia da cabeça. — Não era a vida que eu queria. — Além disso, papai queria que eu fosse feliz.

Eu ainda achava que passaria meus dias na companhia de Anita. Viajando pelo mundo juntas, conhecendo tudo aquilo sobre o que havíamos lido em nossos amados livros. E eu pretendia visitar aquela terra distante e mágica onde aquele desafortunado pirata havia encontrado meus brincos, sobre a qual meu pai falara na noite em que me presenteou. Eu contaria meus planos a Anita da próxima vez que nos encontrássemos. Seria uma grande

CRUELLA

aventura com piratas. Com maldições, heróis e vilões... exatamente como nos contos de fada da Princesa Tulipa.

Seríamos só nós duas. Nada de lordes arrogantes ou mães intrometidas. A partir daquele momento, eu me recusei a frequentar qualquer outro baile ou evento social que minha mãe tentasse me forçar a ir. E me recusei a usar minhas plumas, peles fabulosas e qualquer outra coisa que minha mãe tentasse me obrigar a usar com o intuito de arranjar um marido. Eu não suportava tocar em nada que ela tivesse me dado. Ela até chegara a me forçar a usar diamantes extravagantes que pendiam das orelhas; eu não usava nem meus adorados brincos de jade desde o Natal. Pobre papai. Ele não aprovaria o que minha mãe estava tentando fazer. Ele não aprovaria me ver casada com um homem chato de nome enfadonho que passasse seus dias ociosos caçando e borboleteando de um lugar para outro, dependendo da estação, como se fosse um pássaro migratório. Um homem totalmente sem imaginação. Tenho certeza de que ele queria que eu encontrasse alguém que amasse meu espírito independente. E alguém que me amasse pelo que sou, não pelo meu dinheiro.

Frustrada por eu me recusar a receber qualquer outro pretendente, minha mãe partiu em mais uma de suas viagens e anunciou que ficaria fora por um tempo. Fiquei felicíssima. Anita poderia ficar em casa comigo. Liguei para ela no instante que minha mãe partiu para Paris ou para onde quer que tivesse ido. Eu tinha quase certeza de que ela não voltaria a tempo de comemorar meu décimo oitavo aniversário e, sinceramente, em meu íntimo, era isso o que eu desejava. Tudo era como deveria ser. Meu advogado, Sir Huntley, havia mandado a papelada detalhando o valor que eu receberia assim que completasse dezoito anos. Eu não precisava mais de minha mãe, e me sentia muito mais à vontade sem ela em casa. Eu era a dona da casa quando ela não estava.

❧ ❧ ❧ ❧

Antes que eu me desse conta, o ano letivo terminou e Anita estava prestes a voltar para casa. Voltar para Belgrave Square, onde era o seu lugar. Ao meu lado. E ao lado de sua família por extensão, os meus criados. Anita sempre fora próxima deles e, desde a nossa ceia de Natal, eu também me sentia mais próxima deles. A sra. Baddeley e Jackson tinham me mantido sã durante a temporada de caça a um marido empreendida por minha mãe: Jackson com seus olhares de compaixão, e a sra. Baddeley quando eu me esgueirava para sua cozinha e lhe contava sobre os chatos que minha mãe empurrava para mim. Mas agora a minha Anita voltaria. Eu mal podia esperar. Até que o dia finalmente chegou.

Fiquei parada na entrada esperando a chegada de Anita pelo que pareceu ser uma eternidade. Eu não podia simplesmente ficar sentada na sala matinal e esperar que ela fosse anunciada e conduzida por Jackson. Ela não era uma visita qualquer. Ela era a minha família. Minha única família, agora que papai tinha falecido e mamãe havia quase desistido de mim. Então finalmente ouvi o carro parando na entrada. Eu nem esperei Jackson abrir a porta totalmente antes de sair correndo para abraçá-la.

— Ah, Anita! Estou tão feliz em vê-la! — Eu a enlacei.

Ela estava mais radiante que nunca. Nós jogamos nossos braços uma em volta da outra e demos um abraço apertado antes de nos separarmos. Ela exibia o mais lindo dos sorrisos. Ela estava em casa.

— Cruella! Feliz aniversário! — Anita exclamou. Eu tinha quase esquecido que era meu aniversário. Eu estava empolgada demais com a visita dela.

— Srta. Anita — Jackson disse —, levarei suas coisas lá para cima. Tenho certeza de que a sra. Baddeley está louca para lhe cumprimentar, se você quiser descer para vê-la. Acho que talvez ela tenha preparado uma surpresinha para você. — Ele deu uma piscadela.

— Ah, claro — disse Anita. — Vamos, Cruella. — Ela me pegou pela mão.

— O que estão tramando? — perguntei. — Por que Jackson quer que a gente vá lá embaixo? — Anita apenas riu.

— É como ele disse. Ele com certeza sabe que estou ansiosa para ver a sra. Baddeley. Vamos.

Lembro de segurar a mãozinha de Anita na minha enquanto descíamos a escada. Aquilo me lembrava tanto as vezes em que eu descera aqueles degraus com a srta. Pricket quando era pequena. Eu me senti um pouco tonta. Havia um clima de ansiedade no ar. A escuridão era quase completa, mas dava para ouvir as risadinhas das criadas e o som da sra. Baddeley tentando fazê-las se calar quando fui levada da cozinha para o salão dos criados. O cheiro de chocolate enchia o ambiente.

— O que está acontecendo? Qual o problema com as luzes? — falei no escuro. E então, com uma faísca, as luzes se acenderam.

— FELIZ ANIVERSÁRIO, CRUELLA!

Todos estavam lá. Jean, Paulie, os criados de libré e a sra. Baddeley. Em instantes, Jackson se juntou a nós. Minha família. Todo mundo estava lá.

— Ah, Anita! Você planejou isso? — Ela sorriu e deu um tapinha carinhoso no braço da sra. Baddeley.

— Com a sra. Baddeley e Jackson, é claro. Eles fizeram tudo.

E eles tinham se empenhado. A sala estava lindamente decorada com serpentinas brancas e pretas, além de balões. E sobre a mesa do salão dos empregados estava o bolo mais alto e mais elaborado que eu já vira.

— Desta vez você se superou, sra. Baddeley! — Era um bolo de vários andares, com camadas alternadas de chocolate ao leite e baunilha.

— Estou tão feliz por vocês todos estarem aqui — falei. — Especialmente você, Anita — acrescentei baixinho, para que só ela ouvisse.

— Tenho mais uma surpresa para você, Cruella. — Anita parecia muito animada e um pouco nervosa. — Espero que não se importe. — Uma silhueta familiar veio da cozinha. Era a srta. Pricket! Mas ela estava diferente. Não estava vestida como babá. Usava um lindo traje de viagem com sapatos e carteira combinando, e seus cabelos emolduravam delicadamente o seu rosto.

— Srta. Pricket! — Eu não tinha percebido quanto realmente sentia a falta dela. — Estou muito feliz em vê-la, srta. Pricket.

Será que um dia poderá me perdoar... — Ela me interrompeu antes que eu continuasse.

— Deixe isso pra lá, Cruella. Eu entendo. Fiquei tão feliz quando Anita me escreveu dizendo que você gostaria de me ver de novo. — E eu queria. Eu queria tanto vê-la outra vez, mas temia que ela me rejeitasse. Eu havia comentado isso com Anita em diversas cartas. Eu lhe contara como havia me sentido depois do Natal, como achava ter cometido um terrível engano. Como eu gostaria de poder mudar tudo que havia acontecido depois da briga horrorosa com minha mãe na véspera de Natal. Eu lhe dissera o quanto me sentia infeliz, presa em casa com minha mãe e sem a companhia de Anita ou da srta. Pricket como minhas aliadas. E agora minha mãe havia partido e eu tinha minha Anita e a srta. Pricket de volta. A vida era boa. Como deveria ser.

Foi uma ótima noite de comemoração, a mais divertida que eu havia passado em meses. Naquele momento, eu não me importava mais se minha mãe estivesse em casa ou não. Nem desejava que ela estivesse lá para celebrar comigo, nem temia que seu retorno pudesse acabar com nossa alegria. Não que ela fosse descer a escada e se misturar com gente da laia de Anita ou da criadagem. Mamãe nem me passara pela cabeça...

Até que a campainha tocou — exatamente como na véspera de Natal.

Mas desta vez não senti um aperto do peito. Eu tinha dezoito anos. Mamãe não tinha mais controle sobre mim. E jamais havia controlado meu dinheiro. De acordo com a carta que eu recebera de nossos advogados, o valor que eu recebia aumentaria; eu estava prestes a ter uma renda só minha, e mais controle sobre as finanças como um todo. O dinheiro e a casa ainda permaneceriam em fideicomisso até que eu fosse maior de idade. Independentemente do que ela me dissesse quando eu abrisse a porta, independentemente de quanto me censurasse, não podia mais me afetar.

Mas aquela campainha mudaria minha vida de um jeito que eu jamais poderia imaginar. Diante da porta estava um presente. De meu pai. Combinado com seu advogado antes do seu falecimento.

Um presente para os meus dezoito anos.

Encontrei Sir Huntley no vestíbulo. Ele pareceu surpreso ao me ver vindo lá de baixo, mas não disse nada. Apenas sorriu, e seus olhinhos redondos se transformaram em meias-luas. Ao lado dele, sobre a mesa redonda no centro do hall de entrada, havia uma cesta de vime. Algo se mexia sob o cobertor vermelho dentro da cesta.

— Srta. Cruella, seu pai pediu que eu lhe desse isso junto aos outros itens que detalhei na carta enviada na semana passada. Creio que tenha entendido tudo, não?

— Sim, Sir Huntley. Mas o que é isso? – perguntei, olhando para a cesta.

— Minha querida, esta é Perdita. Um presente de seu pai. – Ele sorriu e tirou o cãozinho da cesta. Era a coisa mais adorável que eu já tinha visto.

— Perdita! – exclamei. Um cãozinho. Uma cachorrinha preta e branca. Um filhote de dálmata. Ela era linda. Tinha um laço vermelho-vivo amarrado no pescoço com uma plaquinha com seu nome escrito. *Perdita*. – Mas como assim? Por quê?

– Seu pai deixou registrado em seu testamento que você deveria receber Perdita de presente em seu décimo oitavo aniversário. Ele foi bem específico com relação à raça e ao nome.

– Perdita não é o nome de uma personagem de *Conto de Inverno*?[2] – perguntei, imaginando se papai teria escolhido o nome apenas porque sabia que eu adorava histórias como essa ou se havia um significado mais profundo.

– Ele afirmou que você reconheceria o nome. Também deixou um bilhete para ser entregue em conjunto com o presente. Disse que você entenderia.

Destaque-se.

E então entendi. Entendi tudo.

Era a mesma mensagem que mamãe havia incluído em todos os presentes que me dera. Mas tudo aquilo havia começado com o casaco de pele, aquele que quase ofuscou os misteriosos brincos de jade que papai havia me dado. Ele deve ter visto o bilhete dela aquela noite no meu quarto. *Destaque-se*. O significado daquela frase para minha mãe era bem diferente do que significava para meu pai, sem dúvida. Ela queria que eu fosse mais como ela. Que me destacasse de todo o resto. Mas papai sempre quis que eu fosse eu mesma. Ele queria que eu fosse diferente de minha mãe.

Senti que aquele era um sinal de que eu estava fazendo a coisa certa ao me afastar de minha mãe. Senti que ele aprovaria as escolhas que eu tinha feito desde a sua morte.

---

2 Peça de William Shakespeare. (N.T.)

— Seu pai sempre quis lhe dar um cachorrinho, Cruella. Só lamentava poder fazê-lo apenas depois de morto — disse Sir Huntley. — Ele disse que era algo que você sempre quis, mas Lady De Vil havia proibido completamente. — Era verdade. Quando criança, eu tinha chorado muitas noites até adormecer, desejando um cãozinho. Um filhote de dálmata, para ser exata. E meu pai tinha se lembrado disso.

Naquele instante, eu amava meu pai mais que nunca. E amava Perdita. E tinha Anita e a srta. Pricket em casa comigo novamente, e, pela primeira vez, eu não precisava da minha mãe. Eu sentia que tudo estava como devia ser no meu mundo.

E não podia estar mais errada.

CAPÍTULO IX

JACK DOS SONHOS

Anita e eu fizemos planos para uma noite chique depois da festa de aniversário com os criados. Eu detestava a ideia de deixar Perdita lá embaixo com os empregados enquanto Anita e eu saíamos para jantar. Eu sabia que ela ficaria bem com a sra. Baddeley e os outros a paparicando, mas não conseguia deixar a preocupação de lado. Mesmo assim, Anita e a srta. Pricket me convenceram a sair.

— Ah, Cruella! Perdita será tratada feito rainha lá na cozinha. A sra. Baddeley guardou pedaços de carne o dia todo para ela — disse a srta. Pricket.

— Por favor, é seu aniversário de dezoito anos, Cruella. Temos que celebrar! — disse Anita. As duas imploraram com seus sorrisos doces e olhos de cachorrinho.

— Bem, se vocês forem se unir desse jeito contra mim, talvez eu acabe me arrependendo da minha decisão de deixá-la ficar conosco por um tempo, srta. Pricket — falei, rindo. Ela sabia que eu estava brincando. A srta. Pricket e eu havíamos estabelecido uma nova dinâmica desde sua volta. Estava tudo bem entre nós, como se nada tivesse acontecido. Tentei tocar no assunto com ela, quando perguntei se gostaria de ficar em minha casa até começar em seu novo trabalho, o que aconteceria dentro de poucas semanas. Eu sentia que precisava dizer a ela quanto estava arrependida, mas ela não queria ouvir. Tudo que dizia era que compreendia e que Anita já havia lhe explicado tudo. Eu me sentia muito sortuda por ter Anita e a srta. Pricket de volta. Eu havia pensado em escrever à srta. Pricket muitas vezes, mas acabava despejando meus arrependimentos e temores nas cartas para Anita. Ela era a única pessoa em quem eu podia confiar, e eu estava muito feliz por ter desabafado com ela, porque Anita havia assumido a tarefa de expressar à srta. Pricket o quanto eu estava arrependida.

Enquanto tentávamos decidir o que vestir para a nossa saída à noite, lembrei que eu tinha um presente para Anita.

— Srta. Pricket, pode pegar aquela grande caixa branca na parte de baixo do meu guarda-roupa? — A caixa tinha um grande laço vermelho e uma etiqueta que a srta. Pricket leu em voz alta.

— "Anita!" — ela disse ao entregar a caixa à destinatária. Anita corou.

— Ah, Cruella. O que é isso? O aniversário é seu, não meu.

Ri como se fôssemos garotinhas outra vez.

— Apenas abra, Anita. Espero ter acertado o tamanho. — Anita se demorou abrindo a caixa, desfazendo o laço com gestos contidos e precisos. — Anita! Abra logo a maldita caixa! Vamos! Quero ver sua cara quando descobrir o que é. — Ela levantou a tampa, revelando um tecido azul-claro com brilho prateado:

um vestidinho de noite, daqueles modelos elegantes e cintilantes. Anita tapou a boca com a mão.

— Ah, Cruella, é lindo. Obrigada. — Eu sabia que o tutor de Anita não lhe dava presentes generosos e roupas caras, não do mesmo jeito que fazia com as próprias filhas. E eu não queria que ela se sentisse deslocada quando saíssemos à noite. Aquele era o primeiro de muitos presentes que eu pretendia dar a Anita. Ah, eu tinha planos tão incríveis para nós. E mal podia esperar para dividi-los com ela no jantar.

— Cruella, quer usar o preto e prateado? — perguntou a srta. Pricket. Eu queria. Era o meu vestido preferido. — Ah! E meu casaco de pele preto e branco. E meus brincos de jade — falei.

A srta. Pricket sorriu para nós e disse:

— Vocês estarão lindas esta noite. Quem me dera vê-las. — Anita encolheu-se, e dava para ver que ela achava que eu deveria convidar a srta. Pricket para jantar conosco. Quase achei que deveria. Afinal, ela era uma amiga, embora tivesse acabado de voltar discretamente à sua função de criada de quarto. A última coisa que eu queria era deixá-la desconfortável. Mesmo assim, perguntei. Eu era uma nova mulher, e estava deixando de lado o papel de dama tradicional. Por que não a convidar?

— Srta. Pricket, gostaria de se juntar a nós esta noite?

A srta. Pricket sorriu e seus olhos quase se encheram de lágrimas.

— Não, obrigada, querida. Embora seu convite signifique muito para mim, esta é a sua noite especial, e será mágica.

O restaurante era reluzente. Era tudo que eu queria e esperava. Era a primeira vez que Anita e eu saíamos sem acompanhante. Eu tinha dezoito anos. E a srta. Pricket havia concordado que era aceitável aproveitarmos a noite sozinhas.

Ao nos aproximarmos do maître, vi nossa imagem refletida em um grande espelho dourado à nossa direita. A mensagem *destaque-se* soava em meus ouvidos enquanto eu me olhava no espelho. Eu me sentia poderosa naquela noite, com minha elegância, meu casaco e meus brincos. Eu me sentia no topo do mundo. E eu tinha Anita ao meu lado. Tinha decidido que era a noite perfeita para dar minhas boas notícias a ela. Minha grande ideia de viajarmos juntas pelo mundo.

Eu sabia que ela ficaria tão empolgada quanto eu. Esperei até depois do jantar para lhe contar, e eu estava tão agitada e ansiosa que Anita achou que eu tivesse ingerido açúcar demais.

— Cruella! Acho que deveríamos ir mais devagar — ela disse, puxando o prato de sobremesa mais para perto de si. Ela sempre me fazia rir.

— Anita, pare. Tenho boas notícias!

Ela sorriu.

— Também tenho boas notícias, mas me conte primeiro as suas!

Bati com a mão na mesa de maneira teatral e exclamei:

— Você deixará a Academia da srta. Upturn daqui a alguns meses e, assim que o fizer, quero que venha comigo numa viagem pelo mundo! Ah, Anita, vamos começar nossa aventura em algum lugar exótico… tipo o Egito! Podemos ver as pirâmides, andar de camelo. Ou talvez possamos descobrir de onde vieram meus brincos, ir atrás daquele pirata para ver se ele vai querer tomá-los de mim! Vamos deixar para trás a enfadonha sociedade londrina e suas regras sem graça. Podemos ir a qualquer lugar.

O sorriso de Anita murchou. Não era o que eu esperava. Achei que ela ficaria feliz. Achei que ficaria empolgada. Achei que ficaria *agradecida*.

— Qual o problema? Quer ir para outro lugar? Podemos ir aonde você quiser! Podemos explorar o mundo todo.

— Ah, Cruella — Anita disse com tristeza. — Não posso ir. Vou para a escola de datilografia assim que eu me formar na Academia da srta. Upturn.

— Escola de datilografia? — Eu não podia imaginar nada mais chato. — Para quê?

— Cruella, adoro estudar francês, pintura, dança. Gosto de tudo isso, mas nenhuma dessas coisas tem serventia para mim no mundo real. Preciso arranjar uma maneira de me sustentar. Não quero ser babá nem dama de companhia de uma dama esnobe. — Suas palavras me atingiram. Era aquilo que ela pensava de mim?

— Entendi — falei.

— Não! Não é isso que eu quis dizer. — Ela estava arrasada. — Você é diferente das outras damas. Amo você, sabe disso, mas, Cruella, você não sabe como é no mundo real. Você não precisa se preocupar com dinheiro. Eu preciso aprender coisas que me permitam ganhar meu sustento.

CRUELLA

— Mas estou me oferecendo para *mostrar* a você o mundo real, Anita! E você não precisa se preocupar com dinheiro. Eu pagarei tudo.

— E se você se apaixonar por alguém? E se sua vida tomar outros rumos? O que será de mim?

— Não conhecerei ninguém! Não quero me casar. E quero você sempre ao meu lado! Como companhia. Tomarei conta de você para sempre.

— Então serei sua empregada.

— Não, empregada não. Minha amiga.

— Uma amiga que você pagará para ficar ao seu lado. — Anita esticou o braço por cima da mesa e tocou minha mão com tristeza. — Ah, Cruella. Gosto muito de você, mas não percebe? Tenho que seguir meu próprio caminho neste mundo. Sinto muito por desapontar você. — Puxei minha mão e Anita se encolheu.

— Tudo bem. Compreendo — falei. Mas eu não compreendia. O que havia de tão maravilhoso na escola de datilografia que fazia valer a pena abandonar a melhor amiga? Fiquei arrasada.

— Você está bem, Cruella? Está brava comigo?

Eu disse que não estava, mas me sentia profundamente decepcionada. Falamos pouco durante o resto da noite. Eu nem perguntei a ela qual era a sua novidade. Presumi que ela fosse me contar sobre a escola de datilografia. Deduzi que ela estava muito animada com a ida à escola, se é que alguém podia se animar por uma coisa daquelas.

Naquela noite, deitada na cama, eu me dei conta de que, com Anita longe estudando e minha mãe viajando pelo mundo, eu estava realmente sozinha. Sei que parece besteira, mas eu

150

tinha imaginado que Anita e eu seríamos amigas para sempre. Jamais havia pensado que um dia ela pudesse me deixar. Mas acho que estávamos virando adultas. Talvez o lugar dela fosse a escola de datilografia. E ela parecia estar me empurrando na mesma direção que minha mãe: casamento com algum lorde enfadonho. Tudo que eu queria era escapar da vida asfixiante que minha mãe tentava me forçar a levar. E agora Anita também estava me enfiando no mesmo balaio.

Perdita aninhou-se comigo na cama e acariciei seu pelo macio, perguntando a mim mesma por que as coisas tinham dado tão errado, por que Anita não me amava como eu esperava que amasse. E me perguntando se eu conseguiria persuadir a srta. Pricket a ficar comigo. Porque, sem Anita, eu não tinha ninguém.

O resto da visita de Anita foi estranho. Ela passou a maior parte do tempo lá embaixo com os criados, enquanto eu me ocupava da administração da casa. Mamãe escreveu para dizer que estava voltando. Eu esperava que Anita voltasse para a escola antes do retorno de minha mãe, mas Jackson recebeu o aviso de que ela chegaria naquela noite – a última noite de Anita. Teríamos que suportar um jantar tenso e silencioso. Pelo menos seria só por uma noite, e Anita partiria na manhã seguinte. E então minha mae poderia gritar comigo o quanto quisesse.

CRUELLA

A mesa da sala de jantar estava posta à perfeição e havia flores e velas por quase toda a sala. Eu estava perfeita. Havia algo em usar meus antigos adereços que me fazia sentir mais como eu mesma. E me fazia sentir falta de minha mãe. Principalmente naquele momento em que Anita me deixava.

Eu tinha decidido recepcionar minha mãe em grande estilo. Queria que fôssemos amigas outra vez. E eu queria que tudo corresse perfeitamente. Se ao menos Anita não estivesse lá, mas não havia nada que eu pudesse fazer. Àquela altura, eu estava terrivelmente decepcionada com ela. E ela também parecia decepcionada comigo. As coisas pareciam diferentes entre nós. Somente agora, em retrospecto, percebo que nossa amizade realmente acabou na noite em que ela se recusou a viajar pelo mundo na minha companhia. Na noite em que escolheu levar uma vida mundana em vez de uma cheia de aventuras, comigo.

Na minha cabeça, me preparar para o retorno de minha mãe era tão importante quanto receber a Rainha para jantar. Fiz questão de me vestir de maneira impecável, tomando o cuidado de usar os brincos de jade que papai havia me dado e um dos meus vestidos mais bonitos. Fiz os criados trabalharem sem parar para garantir que a sala de jantar estivesse perfeitamente decorada e que o cardápio incluísse todos os pratos prediletos de minha mãe. Jackson me avisou que haveria outra pessoa no jantar, um convidado de minha mãe. Eu estava curiosa para ver quem ela traria, mas estava feliz pelo convidado extra, porque assim não seríamos apenas mamãe, Anita e eu. Uma coisa que eu tinha aprendido na Academia da srta. Upturn era que era sempre melhor ter um número par de comensais à mesa de jantar.

Anita e eu estávamos na sala matinal quando mamãe chegou. Atrás dela vinha um homem muito bonito. Ele era jovem, só uns anos mais velho do que eu e, sem dúvida, era norte-americano. Ele não tinha aquele ar pomposo do qual os homens londrinos se orgulham tanto. E parecia não ter medo de demonstrar suas emoções nem de expressar o que pensava.

— Cruella, querida — minha mãe disse, cumprimentando-me pela primeira vez em semanas —, este é Lorde Shortbottom. Eu o conheci numa das minhas viagens e calhou de estarmos no mesmo navio na volta a Londres. Soube logo de cara que ele era alguém que você precisava conhecer, e tive que convidá-lo para jantar, principalmente depois que ele me contou que jantaria sozinho esta noite em seu clube. Eu sabia que você não se importaria.

— Não me importo nem um pouco. Seja bem-vindo à nossa casa, Lorde Shortbottom... — Mas o atrevido me interrompeu.

— Por favor, me chame de Jack. Venho dizendo à sua mãe para fazer o mesmo, mas ela insiste em continuar com as formalidades. Espero que não fique escandalizada com meus modos não convencionais, Lady Cruella.

— Não ficarei, Jack — falei, dando uma boa olhada nele antes de apresentá-lo a Anita. — E deixe-me apresentá-lo à minha querida amiga Anita. Somos amigas desde a infância.

Jack fez firula ao ir até Anita e beijar sua mão.

— Encantado, querida. Simplesmente encantado. — Mas seus olhos estavam em mim. Jack era quase elegante demais, charmoso demais, e eu me perguntava como ele acabara fazendo amizade com minha mãe. Ele não era o tipo dela. Obviamente, ele tinha muito dinheiro, mas sua linhagem e seu título de lorde eram questionáveis. Jackson nos serviu drinks antes do jantar. Nós nos sentamos na sala matinal e tomamos nossas bebidas enquanto esperávamos o soar do gongo. Examinei Jack o tempo todo enquanto ele nos contava de suas viagens e aventuras pelo mundo. Eu me sentia incapaz de desviar o olhar. Eu já estava hipnotizada por ele. Jack conquistou meu coração praticamente no instante em que pus os olhos nele.

Durante nossa conversa, ficou claro que Jack tinha sua própria fortuna, e esperava receber muito mais dinheiro. Era um grande alívio saber de suas muitas propriedades, em Londres e nos Estados Unidos, porque isso me fazia ter certeza de que não estava flertando comigo para tentar botar as mãos na minha grana. E quanto ao seu título de nobreza, bem, ele era primo distante ou alguma coisa assim de um baronete sem herdeiros, então sua herança foi toda para Jack. E subitamente entendi como aquele norte-americano tinha conseguido seu título. Mas o nome Lorde Shortbottom soava ridículo. Eu ria sozinha só de pensar naquele nome. Felizmente ele tinha sugerido que eu o chamasse de Jack.

O jantar foi bem mais animado do que eu imaginei que seria. Mamãe direcionava a conversa para Jack sempre que possível. Ela também se esforçou para incluir Anita toda vez que tinha uma chance, e nos perguntou sobre meu aniversário e sobre os dias que havíamos passado juntas. Apesar do meu recente desconforto com relação a Anita, eu estava feliz por mamãe estar se empenhando para fazê-la participar da conversa. Ela sabia o quanto Anita era importante para mim, e eu tivera receio de como ela iria se comportar. Havia pensado que mamãe ficaria brava ao encontrar Anita em nossa casa. Aquilo me deu esperança de que minha mãe talvez quisesse recuperar a nossa relação tanto quanto eu.

— Fizemos uma festa linda para Cruella lá embaixo — Anita disse. Olhei feio para ela e percebi que ela tentava irritar minha mãe. Ela vinha agindo daquele modo desde o fiasco do nosso jantar, mal-humorada e rude, e impaciente comigo. Os olhos de mamãe quase saltaram das órbitas de raiva, mas Jack lidou bem com a situação.

— Não é o máximo? — ele incentivou. — Já ouvi histórias de famílias antigas e seus relacionamentos com seus criados. Acho exótico.

— Sua família é muito antiga, Lorde Shortbottom, embora eu entenda que sua experiência possa ser bem diferente por ter crescido nos Estados Unidos — disse minha mãe, recompondo-se e tentando mudar de assunto. Eu não entendia por que Anita estava tentando estragar nossa noite. Por que diria algo que sabia que irritaria minha mãe? Especialmente quando sabia que eu estava tentando fazer as pazes com ela?

— Ah, acho que eu gostava da minha cozinheira, como a maioria das crianças que crescem em casas como esta. Ela era uma segunda mãe para mim, na verdade. Sempre me mimando, me mandando minhas comidas favoritas quando eu estava no internato, me dando bronca quando minhas botas estavam sujas de lama, mas sempre preparando alguma festinha na cozinha em dias especiais para que eu tivesse algo menos formal

CRUELLA

e mais acolhedor. Imagino que você ame sua cozinheira como eu amo a minha.

— Ah, sim. Cruella adora a sra. Baddeley. Ela também é uma espécie de segunda mãe, para nós duas — disse Anita, alfinetando minha mãe outra vez por algum motivo.

— Eu a adoro mesmo — falei, chutando Anita por debaixo da mesa, esperando que ela parasse com aquela provocação.

— Ah, a sra. Baddeley é a única pessoa em quem Cruella confiaria para cuidar de sua amada Perdita, além de mim.

Droga! Eu ainda não tinha falado de Perdita com mamãe.

— Perdita? Quem é Perdita? — minha mãe perguntou.

— Minha cachorrinha. Podemos falar disso depois do jantar, mamãe — falei, lançando um olhar de raiva para Anita e a chutando de novo. Mais forte da segunda vez. E então acrescentei: — Não está na hora de nós, as damas, irmos para a sala de estar?

Felizmente Jackson interveio e nos poupou de uma conversa desagradável na frente de nosso convidado.

— O cavalheiro gostaria de um vinho do porto e um charuto antes de se juntar às damas na sala de estar?

— Gostaria, sim, Jackson. — Jack lhe deu um sorriso largo de Clark Gable. Um sorriso que eu já estava começando a amar e adorar. Um sorriso que me fazia lembrar de uma pessoa. Uma pessoa que eu amava e de quem eu sentia muita falta.

Nós, as damas, fomos para a sala de estar, sabendo que não tínhamos muito tempo antes que Jack se juntasse a nós de novo. Eu não queria falar sobre Perdita naquela noite. Eu estava brava com Anita por ter tocado no assunto durante o jantar.

Sinceramente, eu estava totalmente chocada com o comportamento de Anita no geral.

— Mamãe, eu pretendia lhe contar sobre Perdita depois. Ela é uma criatura adorável. Foi um presente de papai. Ele quis que eu a ganhasse no meu aniversário de dezoito anos. — Minha mãe encolheu diante da menção de papai.

— O que quer dizer, Cruella? Do que está falando?

Anita podia ver que eu lutava para encontrar as palavras certas. Talvez se sentisse culpada por ter bancado a espertinha no jantar. Eu não sabia o motivo, mas ela tentou colocar em prática o que havia aprendido na escola de etiqueta para mudar o rumo da conversa.

— Como foi sua viagem, Lady De Vil? Eu adoraria conhecer os Estados Unidos. É mesmo selvagem e indômito como relatam por aí?

Mas minha mãe não mordeu a isca. Ela manteve seus olhos e suas perguntas voltados para mim.

— Sim, falando em selvagem e indômito, conte como foi que seu pai lhe deu um cãozinho, Cruella, considerando que ele já não está mais entre nós. — Ela bebericou o conhaque que Jackson tinha acabado de lhe servir, olhando para Anita e para mim como se fosse nos devorar. De repente, eu me senti muito pequena. Feito uma garotinha, com medo de minha mãe. Ela parecia uma fera olhando fixamente para sua presa.

— Bem, mamãe, ele combinou tudo com Sir Huntley antes de morrer. — Odiei como minha voz soara baixinha.

— É óbvio que ele combinou tudo antes de morrer, Cruella. Não imaginei que tivesse levantado do túmulo para entregar cãezinhos. Mas por que diabos você aceitaria um presente desses? E o que deu nele para lhe presentear com uma coisa dessas? Seu pai sabia o que eu pensava sobre animais, Cruella. Ele sabia que eu não os queria em casa. Discutimos o assunto inúmeras vezes quando você era pequena. Sempre querendo lhe dar um cãozinho... Bem, suponho que essa tenha sido a forma que encontrou de ter a última palavra!

— Suponho que essa tenha sido a única forma de ele ter a última palavra, Lady De Vil — Anita retrucou, sorrindo para minha mãe.

— Anita! — exclamei. — Pare de alfinetar mamãe! Esse seu comportamento está ficando chato.

Eu não suportava a maneira como Anita estava agindo. Ela estava estragando tudo. Só o que eu queria era ter uma noite agradável com minha mãe. Uma chance de fazer as pazes com ela. Mas Anita estava aproveitando cada oportunidade para deixar minha mãe brava comigo.

— Mamãe, adoro a Perdita. Não pode lhe dar uma chance, por favor? Ela é uma criaturinha adorável.

— Cruella, eu pretendia passar mais tempo com você. Mas se teremos um cãozinho correndo pela casa, acho que isso não será possível. Eu detesto essas criaturas. Coisas sujas e desagradáveis, é isso que são. A única coisa boa nelas são os pelos! Se pudéssemos fazer um bonito cachecol com os pelos dela para combinar com meu casaco, até que ela seria útil. — Anita deixou escapar um gritinho de terror e eu fiquei boquiaberta, tamanho o choque.

— Mamãe!

Mas, antes que pudéssemos continuar a conversa, Jack entrou na sala.

– Jack, oi! Bem na hora – mamãe disse, sorrindo para ele. A conversa logo se voltou para ele. Mamãe direcionou o assunto para as várias propriedades dele, sua fortuna e seu desejo de encontrar uma esposa com quem dividir a vida. Evidentemente, ela queria muito que eu me casasse com ele. E comecei a sentir que não deveria contrariá-la com relação a isso. Eu gostava dele. Mamãe e Anita estavam agindo feito selvagens e, como que por magia, um homem excepcional havia caído no meu colo, tendo quase todas as qualidades que eu poderia desejar. No entanto, ainda era cedo demais para falar dessas coisas.

Mas minha mãe continuava pressionando.

– Lorde Shortbottom, tenho certeza de que quer se casar logo. Um homem do seu status provavelmente deve desejar um herdeiro. Alguém que dê continuidade ao seu sobrenome. Alguém a quem deixar sua fortuna. E parece que você chamou a atenção de minha Cruella. Imagino se não ouviremos os sinos do casamento num futuro próximo… Minha filha é uma pessoa que parece conseguir tudo o que quer.

– Mamãe! – Eu estava horrorizada. Ela sabia que eu não podia adotar o sobrenome de meu marido. E ainda era cedo demais para pressionar Jack com relação a casamento.

– Ah, Cruella. Não pode negar que tenho feito homens desfilarem diante de você nos últimos meses, e que você não olhou para nenhum deles com interesse. E, certa noite, você se encanta por Lorde Shortbottom. É claro que a ideia de casamento

CRUELLA

surge, minha querida. Não pode culpar uma mãe por querer o melhor para sua garota predileta – ela prosseguiu, com um sorriso largo. – Lorde e Lady Shortbottom. Soa bem, não acha? – Eu não podia acreditar que minha mãe estava agindo daquele jeito. Eu estava morrendo de vergonha.

– Mãe, sabe que isso é impossível, e, sinceramente, não é o momento de discutirmos isso. Por favor, mamãe. Você está deixando todo mundo desconfortável.

– Não se incomodem comigo, senhoras. É ótimo ter uma conversa verdadeira em uma sala de estar inglesa. E já que estamos falando francamente, deixe-me apenas dizer que serei o homem mais feliz do mundo se a sua filha permitir que eu a corteje. Já estou totalmente enfeitiçado por ela.

Lembro-me de ter corado. Não era a primeira vez que eu tinha uma conversa daquelas na sala de estar de minha mãe. Mas era a primeira vez que eu ficava vermelha.

– Bem, Jack – falei, ainda tentando me acostumar com o nome dele –, mesmo se eu permitisse que um homem me cortejasse, e mesmo que eu decidisse me casar com ele, minha mãe sabe que não posso adotar o sobrenome de meu futuro marido. É uma condição que meu pai impôs em seu testamento. Sou a última dos De Vil, entende? E era um desejo dele que eu desse continuidade à nossa família. Sinto muito se ela deu a entender de outro modo.

– Nunca me importei de verdade com meu sobrenome. Lorde Jack De Vil soa infinitamente melhor do que Lorde Shortbottom – ele disse, rindo. – Não acha? – E eu achava.

160

Para mim, soava realmente muito melhor. E eu fiquei muito feliz em ouvir aquilo. Mas o clima na sala mudou após a declaração dele. Talvez mamãe já tivesse bebido demais, ou estivesse exausta graças ao comportamento de Anita, ou fosse por causa da notícia de Perdita, ou tudo isso junto, o fato é que ela entrou num de seus humores taciturnos e sombrios. Do tipo que a fazia ficar trancada em seu quarto por dias, reclamando de dor de cabeça. A noite terminou de um jeito esquisito, mas não antes que Jack e eu nos despedíssemos na sala de estar. Mamãe havia inventado um pretexto para tirar Anita da sala, permitindo que nós dois ficássemos a sós.

— Adorei conhecê-lo, Jack — falei, me sentindo desconfortável pela maneira como os eventos tinham acontecido, mas ainda assim empolgada por finalmente ter conhecido um homem que despertara meu interesse.

— Espero vê-la outra vez — ele comentou. Eu não deveria ter ficado surpresa por ele simplesmente ter dito aquilo. Ele era um homem direto. Tão diferente dos outros homens que eu conhecia, com seus rodeios intermináveis.

— Voltará a Londres em breve? — perguntei.

— Se for para ver você, sim — Ele me lançou um de seus sorrisos mágicos de galã de cinema.

— Você não se parece nada com os homens que conheço — falei, quase corando outra vez.

— Espero que isso seja um elogio, Cruella. Devo arranjar um pretexto para vir a Londres de novo?

Ele sempre me fazia rir, desde aquela primeira noite.

— É o melhor dos elogios. E eu gostaria muito que você viesse me ver outra vez, Jack — eu disse, provocando nele mais um sorriso.

— Sei que acabamos de nos conhecer, Cruella, mas também sei que você sente que temos uma conexão. Você não parece ser uma dama que tolera tolos. Diga que não fui tolo esta noite.

Olhei para ele, percebendo que poderia me apaixonar — se é que já não estava apaixonada.

— Não, Jack, a última coisa que eu pensaria de você é que foi tolo. — E com isso ele me deu um beijinho na bochecha e me desejou boa-noite.

Tudo isso provavelmente soa como bobagem, exceto para aqueles que já se apaixonaram. Se vocês já tiveram a sorte de serem atingidos pelo amor como se fosse um raio, não precisam ser convencidos do que estou dizendo. Era como se meu querido, adorado e falecido pai tivesse cutucado minha mãe no ombro e sussurrado em seu ouvido que trouxesse aquele homem para casa, para mim. Ele era absolutamente tudo que eu queria. A exceção da minha regra.

Depois que Jack foi embora, revivi aquela noite repetidas vezes em minha mente, perguntando-me por que mamãe e eu havíamos sido tão francas com ele. Talvez o jeito de ser americano e displicente de Jack já estivesse nos contagiando. Não sei. Mas o que sei é que havia algo entre mim e Jack. Algo que eu jamais esperei que houvesse. Pela primeira vez, eu estava, de fato, pensando em casamento.

Mas Anita pensava diferente.

CAPÍTULO X

ADEUS, PERDITA

Depois que Jack partiu e minha mãe foi emburrada para seu quarto, Anita e eu continuamos acordadas, conversando no meu quarto antes de irmos dormir. Anita havia pedido a Paulie que levasse Perdita lá para cima, então nós três ficamos juntas em minha cama. Mas não importava o quanto Perdita fosse fofa e engraçadinha, nada conseguia acabar com a cara feia de Anita. Achei que ela estivesse de mau humor por ter que retornar à escola no dia seguinte. Ou talvez estivesse arrependida de sua decisão de ir para a escola de datilografia em vez de viajar pelo mundo comigo. Eu me perguntava se ela achava que eu esperaria para sempre até ela mudar de ideia. Era possível que ela tivesse percebido que perdera sua chance ao notar o quanto eu estava interessada em Jack. Mas, se tinha alguém que deveria estar mal-humorada, esse alguém era eu. O comportamento de Anita no jantar tinha sido péssimo, e muito provavelmente havia acabado com minha chance de fazer as pazes com mamãe.

CRUELLA

— Anita, qual o seu problema? Por que estava agindo daquele jeito no jantar, alfinetando minha mãe daquela maneira?

— Você percebe o que ela está fazendo, não? — ela perguntou, fingindo brincar com Perdita, mas sem tirar os olhos de mim.

— O que exatamente você acha que ela está fazendo, Anita? — Eu estava perdendo a paciência com ela. Sinceramente, começava a me sentir aliviada por ela ir embora no dia seguinte.

— Ela está tentando arranjar um casamento para você, Cruella — Anita replicou, em uma tentativa óbvia de me irritar. Eu não ia morder a isca.

— Não é segredo nenhum que ela quer me ver casada. Isso não é novidade, Anita. Ela me exibiu por aí durante o ano todo. Além disso, toda mãe quer ver sua filha casada.

— Mas ela tem que ser tão mercenária? — Anita perguntou, revirando os olhos.

— Mães caçam homens com grandes fortunas para suas filhas desde o início dos tempos, Anita. Você é uma tola se acha que minha mãe seria diferente. Ela está fazendo o trabalho dela.

— Cruella, ela certamente está tentando botar as mãos na sua fortuna. Ela fez questão de dizer que seu sobrenome seria Shortbottom.

Daquela vez, Anita havia passado dos limites. Eu estava realmente brava com ela.

— É melhor retirar o que disse, Anita! Isso não é verdade. Você não entendeu direito!

— Entendi, sim. Achei que até mesmo *você* compreenderia o interesse súbito de sua mãe em passar mais tempo em casa,

Cruella. E aquele comentário sobre usar Perdita para fazer um cachecol foi horrível.

— É evidente que você não faz bom juízo de minha mãe se acha que ela falou sério. E o que quer dizer com *até mesmo eu* compreenderia o que ela está tramando?

— Ah, Cruella, faz anos que espero que você enxergue como ela é de verdade. E achei que finalmente tivesse acontecido depois daquela cena que ela fez no Natal. Venho aguentando sua atitude esnobe há muito tempo porque a amo e porque sabia, no fundo do meu coração, que você não era assim. E você provou, no Natal, que eu estava certa, quando começou a tratar seus empregados como membros da família, e parou de... bem, de agir feito sua mãe. Achei que eu tinha conseguido minha velha amiga Cruella de volta. E agora sua mãe está em casa há apenas uma noite e você já voltou a agir como ela. A defendê-la. É triste, Cruella.

— Você só está chateada porque conheci uma pessoa! Você está com inveja! — falei, levantando-me da cama. Eu tinha certeza de que estava com a razão. Anita vinha agindo de maneira estranha desde que eu a convidara para viajar pelo mundo comigo, mas depois de Jack passou a agir feito uma fedelha insolente.

— Com inveja de um homem que você acabou de conhecer? — Ela riu. — Cruella, por favor, pense nisso um instante. Não tem a ver com Jack. Tem a ver com você e sua mãe.

— Acho que tem a ver com Jack, sim. Ele é um homem extraordinário, Anita. Já parou para pensar que talvez eu esteja realmente gostando dele? Ou que, se eu decidir ter uma vida com ele, nos meus próprios termos, afastarei mais ainda minha mãe de mim? Nunca pensei que conheceria um homem como ele, Anita. Nunca! Ele é tudo que eu sempre quis e desejei. Ele é exatamente o tipo de homem que papai iria querer para mim. E se você não enxerga isso, bem, então não me conhece como achei que conhecesse. Acho que você está agindo assim porque se arrepende de sua decisão, de ter escolhido uma vida mundana em vez da vida que poderia ter ao meu lado. Acho que é isso, Anita.

— Ah, Cruella. Ele é engraçado e charmoso, sem dúvida, e se parece um pouco com seu pai. Eles têm o mesmo sorriso. Mas você mal o conhece. Não deixe sua mãe manipular você desse jeito. Forçando um casamento a fim de conseguir ficar com sua herança.

— Você ouviu o que ele disse. Ele não se importa em adotar o meu sobrenome — falei. Em retrospecto, não sei por que eu estava tentando me defender, assim como a minha mãe, para uma intermediária como Anita. Por que era tão importante que ela acreditasse em mim? Imagino que era porque eu ainda a amava.

— Por que você estava falando em casamento? Você acabou de conhecê-lo, Cruella. Você tem tantos planos. Queria viajar pelo mundo. Disse que jamais se casaria, e agora tudo mudou em uma noite. Não faz sentido. É como se sua mãe tivesse algum tipo de controle sobre você. Você tem agido de maneira estranha ultimamente. É como se usar os casacos que ela lhe deu fizesse você agir como ela.

Dei risada.

— Isso é bobagem, Anita. Então, de acordo com a sua lógica, usar os brincos que meu pai me deu me faria agir como ele?

Nada disso faz sentido. Minha mãe não está tentando me controlar. E não está tentando tomar minha fortuna. Isso é ofensivo.

– Cruella, você viu como sua mãe reagiu quando descobriu que ele pretendia adotar o sobrenome De Vil! Acho que ela não imaginava que Lorde Shortbottom fosse abrir mão de seu próprio sobrenome tão facilmente. Ele estragou os planos dela, Cruella. E agora ela está ameaçando deixá-la novamente se você ficar com Perdita. Ela está tentando apagar o seu pai. Os presentes que ele lhe deu, o sobrenome dele!

– Não abrirei mão do sobrenome de meu pai, Anita. Prometi que não faria isso.

– Porque ama seu pai ou porque ama o dinheiro dele? – Anita ficava mais irritada a cada instante. Eu não compreendia como ela podia ter entendido tudo errado daquele jeito. Nenhuma de nós estava prestando atenção a Perdita, então o *monstrinho* fez a única coisa que podia fazer para chamar nossa atenção: xixi no meu casaco de pele. Dá para acreditar nisso?

Eu não pude crer. Era o meu limite.

– Saia do meu quarto, Anita. E leve essa *vira-lata* com você!

– Vira-lata? Qual o seu problema? Ela é sua cachorrinha amorosa e só ficou nervosa porque você e eu estávamos discutindo, Cruella. – Eu não podia acreditar que ela estava defendendo aquela criatura má.

– Maldita cachorra! – falei, tocando a sineta. – Agora a criada terá que lavar meu casaco! Espero que não tenha estragado.

– *A criada?* O nome dela é Jean, Cruella! Você ouve o que está dizendo?

— Não me importa o nome dela, desde que salve meu casaco! Agora leve esse monstrinho daqui! Leve lá para baixo e não diga nada a ninguém. Não quero que minha mãe saiba que essa criatura esteve aqui em cima.

Lembro de ter visto o olhar triste de Anita quando ela saiu do quarto levando Perdita. Ela parecia arrasada. Eu também estava arrasada. Não podia acreditar nas coisas que ela tinha dito sobre minha mãe. Que achava que minha mãe estava planejando roubar meu dinheiro. Aquela ideia toda era absurda e não condizia com minha mãe. Com a dignidade dela. Caçar um homem, levá-lo para casa para que eu o conhecesse na esperança de que eu adotasse o sobrenome dele, para que o dinheiro de papai ficasse para ela... Estava fora de cogitação. Eu não podia acreditar numa coisa daquelas.

Na manhã seguinte, Anita e Perdita se foram. Apesar de eu estar brava com Anita, parte de mim estava triste ao vê-la ir embora. Eu ainda estava chateada com as coisas que ela tinha dito sobre minha mãe, e magoada por ela não querer viajar pelo mundo comigo. Eu ainda a amava. Mas estava feliz por ela ir embora. E eu estava aliviada por ter levado Perdita com ela. Por mais que eu tivesse gostado do presente de papai, sabia que, se eu quisesse fazer as pazes com minha mãe, não poderia ficar com ela. Meu pai estava morto. Não havia nada que eu pudesse fazer para trazê-lo de volta. Mas, se eu quisesse minha mãe na minha vida, tinha que fazer algo para agradá-la, para que ela me amasse novamente, e a única coisa em que eu pude pensar naquele momento foi em me livrar de Anita e Perdita. Ver Perdita ir embora partiu meu coração, mas eu não podia deixar que nada atrapalhasse meu relacionamento com minha mãe. Não uma intermediária feito Anita, e, *com certeza,* não um filhote de cachorro.

CAPÍTULO XI

TIQUE-TAQUE

Depois disso, Anita e eu passamos a nos corresponder com frequência cada vez menor. Eu usava Perdita como desculpa para escrever esporadicamente para perguntar como ela estava. As cartas de Anita deixavam claro que suas escolhas haviam arruinado sua vida, exatamente como eu esperava.

Obviamente, *ela* não enxergava as coisas da mesma maneira. Ela estava bem feliz, ou pelo menos era isso que contava nas cartas que me mandou por anos. Ela foi para a escola de datilografia, como planejava, e se mudou para um pequeno apartamento próximo a um parque, onde passava seu tempo livre com Perdita, que aparentemente estava se desenvolvendo bem. A maioria de nossas cartas era sobre Perdita, com uma notícia ou outra de nossas próprias vidas pontuando as missivas. Anita acabou conhecendo Roger, aquele tolo compositor de jingles, quando o dálmata dele enroscou sua guia na de Perdita no parque. Dá para acreditar? Terrivelmente adorável.

Os dois agora moravam juntos na pobreza, com apenas uma empregada, que eu imaginava como uma mulher gorda e baixinha, velha o suficiente para ser avó de Anita. Obviamente, não era assim que Anita a descrevera. Ela dissera que era uma mulher mais velha, meiga e muito alegre. Bem, se isso não soa como uma velha gorda e baixinha, não sei o que mais soaria.

Além disso, eu sinceramente não tinha muito tempo para ficar pensando em Anita, seu músico idiota e suas duas feras malhadas. Eu estava ocupada demais levando uma vida de luxos ao lado de Jack. Independentemente dos acontecimentos daquela noite em que mamãe levara Jack à nossa casa para jantar, os resultados não foram tão ruins assim, porque ele me ligou no dia seguinte. Não demorou muito para nos tornarmos inseparáveis, e sua entrada em minha vida, bem quando Anita saiu dela, parecia escrita nas estrelas.

Deixem-me contar a vocês sobre Jack. Meu Jack dos Sonhos! Ah, ele era um sujeito bonitão! Muito mais bonito que os galãs do cinema. Ele era o amor da minha vida, e não demorou muito para virar o meu marido.

Jack De Vil!

Sim, bobinhos, é isso mesmo. Ele adotou meu sobrenome, como disse que faria. E nunca o respeitei tanto. Todas as minhas ideias sobre um homem que não desejava adotar o sobrenome da esposa mudaram quando conheci Jack.

Jack me acompanhou em minhas viagens no lugar de Anita. Ah, as aventuras que vivemos juntos! Os lugares que conhecemos. A vida glamorosa que levamos. Sua personalidade atraía todos os olhares, então vocês certamente conseguem imaginar como éramos juntos. Éramos *o* casal. Sempre superelegantes, sempre nas colunas sociais. Sempre o casal mais divertido e inteligente em qualquer evento. Éramos um arraso. Era como se a saída de Anita da minha vida tivesse mudado tudo para melhor. Eu estava me tornando a mulher que deveria ser.

Eu era Cruella De Vil! A herdeira. A dona da mansão.

E estava vivendo minha vida exatamente como queria.

Imagino que vocês queiram saber sobre o meu casamento. Ah, mas estou tão ansiosa para chegar logo aos eventos que me trouxeram à Mansão Infernal, onde estou agora. E quero tanto dividir meus planos mais recentes com vocês. Mas não devo pular partes da minha história, e o que seria da minha história sem meu Jack dos Sonhos?

É claro que ele (assim como mamãe) se empenhou para que eu tivesse a festa de casamento mais magnífica do mundo. Foi um evento deslumbrante. E, bem, Jack insistiu em pagar tudo. Ele era um doce, meu Jack. Sempre querendo fazer as pessoas felizes. Sempre demonstrando o quanto as amava. E, ah... como ele me amava! Nosso casamento foi do nível dos casamentos da realeza. Para ser sincera, se dependesse dele, Jack teria me coroado rainha. E conseguiu fazer com que eu me sentisse como uma, e não apenas no dia da festa. Fez isso durante todo o tempo em que estivemos casados, até o fim. Ele fez de tudo para garantir a minha felicidade, desde sugerir que eu mantivesse a srta. Pricket como criada de quarto até me ajudar a fazer as pazes com minha mãe, além de me encorajar a escrever para Anita e convidá-la para o casamento. Até me ajudou a entender onde eu havia errado com ela.

Ele frequentemente sugeria que eu me reaproximasse de Anita, mas eu não podia trair minha mãe daquele jeito. Eu

CRUELLA

jamais perdoaria Anita pelas coisas horríveis que dissera. Escrever para ela vez ou outra não me parecia uma traição, mas vê-la, convidá-la para minha casa... eu achava que estragaria tudo. Desde que eu decidira me casar com Jack, a convivência com minha mãe estava perfeita. Ela tinha um propósito. Algo em que se concentrar. E, pela primeira vez, *eu* era o centro de suas atenções. Ela nos ajudou com todos os preparativos para o casamento. É claro que Jack não permitiu que ela pagasse nada, mas deixou que ela opinasse durante todo o planejamento, o que a fez se sentir totalmente feliz.

Decidimos que o jantar de ensaio para a cerimônia seria um evento íntimo. Só Jack, mamãe e eu. Optamos por um jantar em casa, e mamãe arranjou tudo para uma noite agradável. A sala de jantar foi decorada com velas e flores. Admito que senti falta de Anita ao me sentar àquela mesa em que tivera tantos jantares com ela. Desejei que ela estivesse ali. Meu coração ainda não havia apagado Anita completamente. Ainda havia um lugarzinho para ela ali dentro. Mas eu não pude convidá-la para a festa, que dirá para o jantar de ensaio, mesmo que sentisse sua falta profundamente. Embora eu ficasse apreensiva com a ideia de voltar a falar com Anita e receosa de que, ao fazê-lo, poderia arruinar meu relacionamento com minha mãe, Anita tinha um espaço reservado no meu coração.

Seria minha última noite de mulher solteira. Embora eu não fosse o tipo de garota que fantasiasse sobre a noite anterior ao casamento, ela não foi como eu tinha imaginado. Eu sempre imaginara passá-la com Anita.

— Qual o problema, querida? — Jack segurou minha mão. — Você deveria estar feliz. Por que está tão chateada?

— Não é nada, Jack. Nada. Estou muito feliz. Juro — disse, mas não o convenci.

— Não posso permitir que minha Cruella fique triste às vésperas do casamento. Sei qual é o problema. Você se arrepende por não ter convidado Anita.

— Acho que sim — falei.

— Ah, Cruella. Não pense mais naquela garota — minha mãe disse. Mas Jack discordou.

— Acho que deve ligar para ela. Ligue agora mesmo e diga que a quer aqui. Diabos, diga que a quer no casamento! Tenho certeza de que a srta. Pricket arranjou um vestido para ela, na eventualidade de você mudar de ideia. Ligue agora, meu amor. Ligue antes que perça a coragem. — Ele era muito convincente, meu Jack. Seu sorriso sempre me ganhava.

— Acha mesmo que ela deveria vir? — Eu estava tão animada. A bondade e o otimismo de Jack eram contagiantes.

— Acho mesmo que ela deveria vir, amor. Agora vá e ligue logo para ela.

— Acho que ligarei! — falei bem quando Jackson entrava na sala para ver se Jack gostaria de tomar um vinho na sala de jantar enquanto as damas iam para a sala de estar.

— Aceito, Jackson. Ficarei aqui enquanto Cruella dá um telefonema. Pode providenciar uma linha para ela na sala de estar? Ela gostaria de ligar para a srta. Anita — ele disse. Então me deu um beijão na frente de mamãe. (Americanos. É admirável a audácia deles.) Mamãe e eu deixamos Jack com seu vinho e seus charutos e servi um pouco de chá para mim e para minha mãe. Esperei Jackson voltar e providenciar minha ligação para Anita.

— Cruella — mamãe disse, com evidente desprezo –, acha mesmo que é sensato convidar Anita em cima da hora? Não acha que ela ficará ofendida por não ter sido convidada meses atrás, junto aos outros convidados?

— Anita não liga para essas coisas, mamãe.

— Então talvez deva pensar em como me sinto. Já é ruim o bastante o fato de eu estar perdendo minha única filha. Será que tenho que dividir este dia não apenas com seu marido, mas também com uma garota insolente que me desrespeitou em minha própria casa? Vai mesmo me insultar desse jeito, Cruella? Fará isso conosco, agora que voltamos a ser boas amigas? Sabe o quanto detesto aquela garota. Não basta eu ter permitido que a srta. Pricket voltasse à nossa casa? Tenho que suportar a presença dela e também a de Anita?

— Mamãe, a srta. Pricket tem ficado bem longe do seu caminho. A pobrezinha tem se mantido afastada e fora de sua vista. E, além disso, ela irá comigo para a casa nova. Depois desta noite, ela não ficará nem mais um dia sob o seu teto. Quanto a Anita, você tem razão. Desculpe-me, mamãe. Jack só está tentando me alegrar.

— O que está acontecendo, amor? Por que minhas orelhas estão queimando? Estavam falando de mim? — Jack disse ao adentrar a sala, todo sorridente, com passadas leves.

— Você foi rápido — falei.

— Não consigo ficar longe de você nem mais um minuto! Já basta eu ter que ir para o meu clube esta noite, e esperar para vê-la só amanhã, no casamento. — Meu Jack sempre foi doce assim. E não me entendam mal, ele sempre foi sincero. Ele era totalmente devotado a mim. — Minha querida, se não se importa, acho que, quando estivermos em nossa casa nova, devemos acabar com essa bobagem de os homens ficarem na sala de jantar tomando vinho enquanto as mulheres vão para a sala de estar. É antiquado e, de qualquer modo, a maioria das nossas amigas é muito superior à maioria dos homens – ele disse, sentando-se ao meu lado na namoradeira.

— Está na moda deixar as damas e os cavalheiros na mesma sala. É mais animado, mais moderno – concordei.

— E então, como foi seu telefonema para Anita? – ele perguntou.

— Ah, mamãe fez uma observação pertinente. Ela acha que Anita ficaria ofendida se eu a convidasse em cima da hora.

Jack estreitou os olhos. Eu sabia o que ele estava pensando, mas ele era educado demais para expressar sua opinião diante de mamãe.

— Como preferir, amor – ele disse. – Contanto que esteja feliz. – Ele abriu um sorriso radiante.

— Estou, querido. Muito feliz. Talvez eu ligue para Anita quando voltarmos da lua de mel – falei. E eu realmente pretendia fazê-lo. Eu sinceramente a queria em meu casamento mais que tudo, mas não podia irritar mamãe. Eu não queria estragar meu novo relacionamento com ela.

— Poderíamos convidar Anita e o músico para passar um tempo conosco. Seria ótimo – sugeriu Jack. – Exatamente o tipo de atividade de que iremos precisar quando voltarmos de todas as nossas viagens, não acha, querida? Posso chamar uns amigos meus também. Seria a oportunidade perfeita para os nossos amigos se conhecerem e se entrosarem.

— Excelente ideia – falei, mas estava distraída com a cara feia de mamãe. Jack continuou falando.

— Sabe, pensei em eu mesmo ligar para Anita e convidá-la para vir amanhã. Sei que você não estará feliz de verdade se ela não estiver aqui. Acho que não devemos esperar até depois das viagens.

Mamãe pigarreou.

— Bem, parece que você já tem sua vida toda planejada, Cruella. Já que aparentemente não há um lugar para mim nela, suponho que eu deva me preparar para partir amanhã cedo.

— Partir? Amanhã cedo? Mamãe! Amanhã é o meu casamento.

— Sim, querida, mas não há nada que eu possa fazer. Acho que é melhor eu adiantar minha viagem. – Eu estava chocada.

— Que viagem? Você não tinha dito nada sobre viajar.

— Tenha dó, Lady De Vil. Isso não é justo – Jack protestou, mas apertei sua mão, indicando que deixasse comigo. Eu tinha uma ideia, e talvez fosse minha única e última chance de fazer minha mãe ficar.

— Bem, mamãe, se partir amanhã, perderá nossa grande surpresa, não é, Jack? – Obviamente, ele não tinha ideia do que eu estava falando, mas, como era muito esperto, entrou no jogo.

— Sim, querida. Receio que ela perderá — ele concordou, lançando para mim um olhar questionador sobre o que eu estava tramando.

— Ah, mamãe! Jack e eu conversamos, e decidimos abrir mão da minha herança.

— Ah, Cruella! Vocês têm certeza disso? — mamãe perguntou. Seu comportamento mudou totalmente. Ela passou de amuada e irritada para exultante num piscar de olhos.

— Claro que temos certeza — disse Jack. — Temos mais dinheiro do que poderíamos gastar em várias encarnações. — Ah, como eu amava meu Jack. Obviamente, não havíamos discutido aquele assunto, mas eu sabia que ele não se importaria.

— Sim, mamãe. O que é a minha fortuna comparada à de Jack? Não precisamos dela, mas você, sim! Faz sentido. Eu queria surpreendê-la com a notícia depois que voltássemos da nossa lua de mel. Tudo que precisamos fazer é informar Sir Huntley para que nos traga os papéis para assinar.

— Ah, Cruella! Amo você! — ela exclamou, dando-me um beijo na bochecha. Eu não me lembrava de já tê-la ouvido dizer isso. Não com palavras. Foi o dia mais feliz da minha vida. Minha mãe finalmente soube o quanto eu a amava. Eu finalmente pude lhe dar algo que ela de fato queria.

Mais tarde, quando estávamos a sós, nos despedindo antes de Jack ir para o clube, ele perguntou:

— Está certa disso, querida? Passar toda a sua herança para a sua mãe é uma decisão importante. Sabe que não me importo. Só me preocupa que esteja fazendo isso pelos motivos errados.

— Ele era tão doce. Sempre cuidando de mim.

— Que outro motivo poderia haver, Jack, além de querer fazer minha mãe feliz? Não precisamos do dinheiro de meu pai, como você mesmo disse. Quero fazer isso por minha mãe, de verdade. É importante para mim. E manterei o sobrenome de papai. Continuarei honrando sua memória. É a solução perfeita. E, por favor, querido, não ligue para Anita e lhe peça para vir amanhã. Não quero fazer nada que aborreça mamãe. Ela está tão feliz.

— Se *você* estiver feliz, meu amor, também fico feliz. Mas se eu perceber que você ainda sente falta de Anita quando voltarmos da lua de mel, insistirei que ligue para ela.

— Combinado! — falei, mas eu não tinha a intenção de telefonar. Eu não faria nada que pudesse estragar meu relacionamento com minha mãe. Não quando finalmente havia conquistado o amor dela.

CAPÍTULO XII

AS RESERVAS DE SIR HUNTLEY

Depois que Jack e eu voltamos de nossa lua de mel em Veneza e nos instalamos em nossa casa nova, decidi que a primeira coisa que faríamos era resolver a questão da transferência da minha herança para mamãe. Ela tinha sido tão carinhosa durante toda a nossa viagem, escrevendo-me cartas e dizendo que mal podia esperar pelo meu regresso, dizendo o quanto estava feliz por ter uma filha tão maravilhosa e bem-sucedida como eu. A srta. Pricket, que nos acompanhara na viagem como minha criada de quarto, guardou seus comentários para si. Dava para perceber que ela não confiava em mamãe, e estava bem claro que Jack tampouco, mas eu queria fazer aquilo por mamãe, e Jack ficava feliz em realizar qualquer coisa que me alegrasse. Que mal poderia ter dar a ela o que, sinceramente, meu pai deveria ter lhe deixado, para início de conversa?

Um dia depois de nosso retorno, pedimos a Sir Huntley que fosse até a nossa casa para discutirmos os detalhes. Mamãe

tinha saído para tomar chá com Lady Slaptton e só voltaria
mais tarde para jantar, então teríamos tempo de assinar toda a
papelada. Era a primeira vez que eu receberia alguém em minha casa nova, e eu estava em um estado de pura ansiedade. A
srta. Pricket se encarregara de nossos novos empregados e fizera
uma apresentação rápida de todos em meio aos preparativos.
Tão rápida que eu não conseguia lembrar o nome de ninguém!
A srta. Pricket teria que me lembrar dos nomes mais tarde. Eu
tinha assuntos mais importantes a tratar. Tinha certeza de que
a srta. Pricket garantiria que o jantar com mamãe fosse perfeito. Mas antes eu tinha que lidar com Sir Huntley.

Jack e eu nos sentamos no escritório de nossa imponente
casa nova enquanto aguardávamos a chegada de Sir Huntley.

— Quer que eu fique aqui quando estiver conversando com
Sir Huntley, querida? Ou devo deixá-los a sós?

— Ah, quero que fique aqui, meu Jack dos Sonhos — falei,
dando-lhe um beijo.

— Bem, isso é assunto seu, querida. Sei que já tomou sua decisão. Ficarei aqui só para dar apoio moral. Não que você precise — ele disse, parecendo mais galante que Humphrey Bogart.

A srta. Pricket entrou no escritório sem que eu notasse.

— Lorde e Lady De Vil, Sir Huntley chegou. — Ela tinha uma
expressão de desaprovação. Ela não dizia abertamente que não
concordava com meu plano, mas não fazia questão de disfarçar
seus sentimentos. Eu tive que aguentar os comentários e olhares
da srta. Pricket depois que Anita e eu nos afastamos. Eu sentia
falta de uma intermediária que pudesse considerar como amiga

e uma boa companhia. Mas Jack me disse que seria bom ter uma empregada que fosse sincera comigo vez ou outra. Ele disse que isso me manteria alerta, seja lá o que isso quer dizer. Então eu a suportava. Afinal, ela fazia eu me sentir como se tivesse levado um pouco da minha infância para a casa nova junto de Jack.

– Obrigada, srta. Pricket – falei. – Faça-o entrar, por favor. – Pude ver os olhos de Sir Huntley se arregalando quando ele entrou no escritório. Ele estava impressionado com minha nova residência. Eu devia tê-lo recebido no enorme vestíbulo para ver seus olhos saltarem das órbitas. Meu novo vestíbulo combinava perfeitamente com o andar térreo da casa de mamãe em Belgrave Square. O piso era todo de mármore, e o ambiente era totalmente decorado com estátuas romanas. E a grande escadaria, bem, era uma maravilha. Eu mal podia esperar para mostrar a casa inteira para mamãe quando a recebesse para jantar.

– Olá, Sir Huntley. Seja bem-vindo à minha nova casa. Srta. Pricket, pode pedir para servirem o chá, por favor?

A criadagem da casa nova era enorme. Eu jamais decoraria o nome de todos os empregados. Então eu usava suas funções quando falava com a srta. Pricket sobre eles e os chamava de "queridos" ao falar diretamente com eles. Eu deixava a tarefa de lembrar seus nomes para a srta. Pricket, que havia assumido a função de governanta. Ela instruiu a criada a levar o chá e a servir Sir Huntley primeiro. Ele bebericava nervoso seu chá enquanto eu lhe informava meus planos com relação ao dinheiro de meu pai. Jack permanecia apenas sentado ao meu lado, lançando seu sorriso de Clark Gable, escutando, mas sem se manifestar. Jack não era o tipo de marido que achava que tinha que falar por sua esposa. Ele apreciava meu intelecto, minha sagacidade e, muitas vezes, minha língua afiada.

— Lady De Vil, é minha obrigação, na qualidade de seu advogado, dizer que isso é muito imprudente. Seu pai não gostaria que você deixasse todo o seu dinheiro para a sua mãe.

— O que me importa o dinheiro, Sir Huntley? Jack tem o bastante para cuidar bem de mim. Por que minha mãe não pode ficar com o dinheiro então? Papai deveria ter deixado tudo para ela, para começo de conversa.

— Seu pai queria que você tivesse algo seu. Queria que fosse você mesma. Que se destacasse.

— E eu fiz isso! E mantive o sobrenome dele. Qual o problema se eu der o dinheiro dele a mamãe?

— Ele foi bem específico quanto a isso, Lady De Vil. Ele pediu que eu evitasse a todo custo que sua mãe ficasse com o dinheiro.

— Mas por que ele era tão contrário à ideia de minha mãe ficar com o dinheiro? Eu me casei com um homem que tem uma fortuna bem maior que a minha. Seria egoísmo de minha parte ficar com o dinheiro de papai se posso dá-lo à minha pobre mãe.

— Sua mãe recebe uma quantia considerável do seu dinheiro, Cruella. Ela está longe de ser pobre. Sinto muito ter que dizer isso... — ele começou, deixando a frase morrer enquanto tentava encontrar as palavras certas.

— Por favor, Sir Huntley, seja franco. Não irá nos ofender — falei.

— Obrigado, Lady De Vil. Eu não queria tocar no assunto, mas seu pai temia que, se o dinheiro fosse deixado para a sua mãe, ela esbanjaria tanto que você ficaria sem nada quando ela morresse. Foi por isso que ele deixou o dinheiro para você.

Olhei para Jack, à procura de interpretar sua expressão. Eu não queria que ele pensasse mal da minha mãe. Mas ele estava indiferente.

Sir Huntley parecia querer dizer mais alguma coisa, como se estivesse se esforçando para escolher as palavras certas e não me ofender. E então tomou coragem.

— Os gastos de sua mãe são exorbitantes, mesmo para uma mulher de posses como ela. Ela se recusa a ouvir conselhos sobre o assunto, e vem tentando incansavelmente assumir o controle do fideicomisso desde que seu pai morreu. Eu prometi a seu pai, Lady De Vil, que a protegeria. E eu a protegerei. — Sir Huntley era um homem nervoso por natureza, mas eu nunca o tinha visto tão agitado. Ele obviamente era muito devotado a meu pai e tentava fazer tudo o que podia para manter sua palavra. Mas eu não continuaria ouvindo aquele tipo de comentário sobre minha mãe por nem mais um minuto. *Tentando incansavelmente botar as mãos no meu dinheiro? Desde que papai falecera?* Não parecia possível.

— Não acredito nisso. Não permitirei que diga essas mentiras sobre minha mãe, senhor!

— Garanto que digo a verdade, Lady De Vil. Tenho aqui uma mensagem escrita por sua própria mãe afirmando a intenção dela de que você se casasse com Lorde Shortbottom. — As mãos do pobre homem tremiam. Eu queria acabar com o sofrimento dele, mas acho que estava até gostando de testemunhar sua aflição. – Desculpe-me, eu quis dizer *Lorde De Vil* – ele se corrigiu, olhando para Jack.

– Por favor, me chame de Jack – disse meu marido, sorrindo por trás de sua xícara de chá, tentando aliviar a tensão do ambiente. Ah, meu Jack. Sempre tentando consertar as coisas com um sorriso.

– Claro. Desculpe-me – disse o homem de rosto redondo, obviamente embaraçado. – Por favor. – Ele me entregou a carta. – Leia você mesma.

Era só um pedaço de papel dobrado. Inofensivo. Mas parecia ameaçador para mim. Mortal. E eu não queria tocá-lo.

– Jack, querido. Pode ler? – perguntei.

– Claro, querida – ele disse, pegando a carta das mãos do nervoso advogado. – Devo ler em voz alta? – Eu não podia acreditar que estava tão tensa, que um pedacinho de papel dobrado pudesse causar tanto terror.

– Não, leia em silêncio. Falaremos disso mais tarde.

Vi meu marido empalidecer enquanto lia a carta, só por um instante, como se uma tristeza profunda e penetrante tivesse tomado conta dele. Ele se recompôs depressa, enfiou a carta no bolso e segurou minha mão.

– Meu amor – ele disse, com uma expressão triste. Ele não precisava me dizer que Sir Huntley tinha razão. Ele não precisava me contar o que estava escrito na carta. Todos estavam certos sobre minha mãe. Meu pai, Sir Huntley, a srta. Pricket e, possivelmente, Anita. Mas não importava. Por que minha mãe não ficaria magoada pelo fato de meu pai ter deixado todo o seu dinheiro para mim? Por que ela não podia querer que eu me casasse com um homem rico? Aquilo fazia dela uma pessoa má? Eu achava que não. Eu não suportava o semblante triste de Jack. Eu não queria mais ver tristeza em seus olhos quando ele olhasse para mim. Nunca mais.

— Isso não importa. Ainda quero que ela fique com tudo — falei. Eu tinha tomado minha decisão.

— Mas Lady De Vil! — Até a papada de buldogue de Sir Huntley pareceu chacoalhar em protesto.

— O senhor me ouviu, Sir Huntley. Tomei minha decisão. E nada que o senhor diga a mudará. Não falaremos mais disso.

Jack e eu nunca mais tocamos no assunto. E ele nunca me mostrou a carta, exatamente como eu havia lhe pedido. Nunca mais o vi com aquela expressão de tristeza. Eu já tinha visto aquela expressão a minha vida toda. Quando eu era pequena, sempre estive cercada por rostos cheios de pesar. Eu não queria isso em minha nova casa.

Estava começando uma vida nova.

Eu passava meus dias felizes em nossa grande propriedade no interior e só de vez em quando visitava mamãe em Londres. A vida era boa com Jack. Dávamos festas suntuosas, convidávamos todos os jovens animados. E frequentemente íamos aos Estados Unidos visitar as propriedades de Jack por lá.

Jack e eu fizemos tudo que eu sempre havia sonhado em fazer quando era pequena. Visitamos todos os lugares exóticos que me agradavam. Tudo que eu precisava fazer era dizer qual era o meu desejo, e Jack cuidava de todos os preparativos.

Ele era a melhor companhia de viagem. Sempre pronto para viver aventuras. Sempre encantador com os moradores locais. Não havia nada que não quisesse experimentar. Desde montar em camelos indomáveis quando fomos ao Egito até explorar as ruínas de Angkor Wat... de passeios preguiçosos de gôndola por Veneza até a badalação de um apartamento de luxo em Manhattan... o mundo nos pertencia. Era a vida que eu sempre tinha imaginado para mim. E quando voltávamos para casa, dávamos festas grandiosas.

Mas nada, nada mesmo, superou minha festa de vinte e cinco anos.

É claro que Jack preparou a comemoração mais extravagante do mundo para mim. Realmente, foi o evento mais importante da temporada. Acho que a única festa maior que do aquela foi o nosso casamento. (Quer dizer, como superar um casamento na Abadia de Westminster?)

Jack deu o seu melhor. Havia esculturas de gelo que me retratavam como várias mulheres importantes da História, fontes de chocolate, bandejas e mais bandejas de caviar e torradas, bandas em todas as alas da casa, e o salão de baile estava simplesmente abarrotado da fina nata da sociedade londrina. Além disso, havia um punhado de estrelas de Hollywood, para deixar as coisas mais interessantes. Estava longe de ser uma festa intimista, então mamãe decidiu que não participaria. Em vez disso, ela me mandou um presente maravilhoso: um casaco de pele, sua marca registrada.

Eu levava a vida grandiosa que sempre desejara. Estava casada com o amor da minha vida; minha mãe estava bem longe, enfiada na casa em que eu crescera; eu era rica, linda e feliz. Eu era Lady Cruella De Vil.

Mas claro, como diz o ditado, "quanto mais alto o voo, maior a queda". E eu cairia, de fato. Uma queda muito maior do que eu poderia imaginar.

CAPÍTULO XIII

O VESTIDINHO PRETO

Como começar este capítulo? Devo contar a vocês onde eu estava quando recebi a notícia? O que vestia no momento? Como aquele acontecimento mudou a minha vida de um jeito que eu achava que só acontecia em pesadelos?

Eu estava visitando minha mãe em Londres, na segunda-feira posterior à minha festa. Eu usava um vestido estilo camisola, meus brincos de jade e o casaco de pele branco com forro vermelho que mamãe havia me dado de presente no meu aniversário de vinte e cinco anos. Meus sapatos e luvas eram vermelhos, e minha carteira era feita de pele, enfeitada com caudas de raposa branca com a ponta negra. Como sempre, eu estava magnífica.

– Simplesmente deslumbrante – disse Jack quando lhe dei um beijo de despedida e o deixei trabalhando enquanto saía para passar a tarde com mamãe. – Não demore muito em Londres, meu amor, ou morrerei de saudade. – Ele estava sentado em sua escrivaninha examinando uma papelada.

CRUELLA

– Você tem bastante tarefas com que se ocupar enquanto eu estiver fora, querido – falei. Ele riu, tomando um gole de sua bebida e fazendo girar os cubos de gelo que estavam no fundo do copo.

– Sentirei sua falta mesmo assim – ele disse.

– Acabamos de passar a noite mais esplêndida do mundo juntos, meu amor. – Eu o beijei na bochecha. – Obrigada, mais uma vez, pela noite adorável. Foi o melhor aniversário que eu poderia querer. – Ele deu seu sorriso de Clark Gable, aquele que eu agora percebo que lembrava o do meu pai.

– Sim, mas eu tive que dividir você com todos os nossos convidados. Quero ficar a sós com você. Ah, espere! – Ele estalou os dedos. – Ainda não dei seu presente. – Ele tirou uma caixinha do bolso interno de seu paletó.

– Você já me deu o presente perfeito, Jack. A festa – eu disse. Ele apenas sorriu e abriu a caixinha, revelando um lindo anel de jade. – Ah, meu amor! Combina com meus brincos. – Ele pôs o anel no meu dedo.

– Eu sei, Cruella. Mandei fazer especialmente para você. – Ele era mesmo o marido mais atencioso do mundo.

– Droga! – exclamei olhando meu relógio de pulso. – Mamãe está me esperando. – Eu o beijei depressa. – Eu o amo muito, meu Jack dos Sonhos. Desculpe, mas tenho mesmo de correr. – Eu não fazia ideia de que aquela seria a última vez que diria que o amava ou que veria seu belo sorriso. Mas estou me adiantando.

Fui a Londres visitar minha mãe, para lhe contar todos os detalhes sobre minha festa de aniversário, e realmente passamos uma tarde agradável juntas. Nós nos sentamos na sala matinal, como costumávamos fazer quando eu era criança, e foi como nos velhos tempos.

— Ah, minha querida, você está magnífica. Diga que adorou sua festa! Diga que adorou o casaco de pele que lhe dei! Ah, Cruella, diga que me ama, e que não está brava por eu preferir comemorar a sós com você em vez de ter ido à sua festa! — Eu estava tão feliz com a transformação de mamãe. Ele era uma mulher totalmente diferente desde que eu abrira mão da minha fortuna. Acho que isso confirma que o dinheiro de fato traz felicidade.

— É claro que não estou brava com você, mamãe! Eu te amo! — falei, rindo, enquanto nos cumprimentávamos com beijinhos sem encostar uma na outra para não estragarmos a maquiagem nem manchar nossas bochechas com batom.

— Onde está aquela infeliz com o chá? — ela perguntou, tocando a sineta. — Este lugar desandou desde que você roubou Jackson de mim! — Ela tocou a sineta outra vez. E então uma criada esquelética e tímida entrou aos tropeços na sala. Eu nunca a tinha visto. Devia ser uma empregada nova.

— Pois não, Lady De Vil? — ela perguntou com sua voz aguda de camundongo. Ela parecia ter medo da minha mãe. Ou talvez tivesse medo de mim. Afinal, eu estava me tornando uma socialite bem conhecida. Eu me perguntava como minha mãe aguentava uma criatura sorrateira como aquela andando pela casa. Ela parecia ser do tipo que espia pelos cantos antes de entrar em um cômodo.

— Minha nossa! Minha mãe está tocando a sineta faz um século e você se atreve a vir aqui de mãos vazias. Meus criados nem sonham em ser assim desleixados! — falei, totalmente frustrada por ela ainda não ter servido o chá.

— Devo servir o chá, Lady De Vil? — ela perguntou, claramente tentando evitar contato visual comigo.

— Esqueça o chá, Sarah. Diga à sra. Web para trazer uma garrafa que ela buscou na adega para mim. Minha filha e eu estamos comemorando.

— Sim, senhora — ela disse, deslizando para fora da sala. Revirei os olhos.

— Francamente, mamãe. Isso é inaceitável. A Aranha devia ser mais criteriosa ao contratar os empregados. Parecia que aquela garota ia morrer de susto. E temos mesmo que fazer *aquela lá* trazer o champanhe? Sabe quanto eu detesto a Aranha.

— Ah, Cruella, por favor, não estrague nosso tempo juntas com sua necessidade constante de usar apelidos idiotas para se referir às pessoas. Você já está bem grandinha para essas coisas. Estamos aqui para celebrar. Quero saber de tudo que aconteceu no seu aniversário — ela disse, olhando para o relógio.

— Mamãe, por que está olhando para o relógio? Está esperando alguém? — Eu me perguntava onde estaria a sra. Web com nossas bebidas comemorativas. — Sinceramente, mamãe. É tão difícil assim pegar uma garrafa e dois copos? E por que diabos não mandaram servir o chá, para início de conversa? Já passou da hora! O que a sra. Baddeley está fazendo lá embaixo? É tão complicado assim ferver água e tirar a casca do pão dos sanduíches?

— A sra. Baddeley nos deixou já faz um tempo, Cruella — mamãe disse, como se de algum modo eu já devesse saber. — Ela decidiu trabalhar em uma casa menor. — Eu estava chocada. Não conseguia imaginar Belgrave Place sem ela.

— Sério? Você não me disse nada. Para onde ela foi?

— Ah, não sei, Cruella. Para a casa de um casal jovem sem importância. Ela disse que era um lugarzinho aconchegante, perto de um parque. Embora, pela minha experiência, eu saiba que quando alguém diz que um lugar é aconchegante, quer dizer que é, na verdade, um casebre. Posso descobrir o endereço, se isso é tão importante para você — ela disse, olhando para o relógio outra vez.

— Mamãe! Por que está olhando para o relógio de novo? Quem está esperando? Onde estão as malditas bebidas?

— Cruella! Olha o linguajar! — minha mãe me repreendeu. — Era engraçado estar em casa outra vez. Mamãe me repreendendo como nos velhos tempos. Eu já era uma mulher casada, com a minha própria casa! Mas tal era a nossa dinâmica naqueles dias. Eu adorava escandalizá-la, e ela adorava me censurar. E não acho que eu a tenha chocado de verdade nenhuma vez. Acho que ela simplesmente gostava de fingir que se escandalizava comigo. Ou pelo menos era isso que eu sempre dizia a mim mesma. Era uma coisa só nossa.

Então a Aranha entrou na sala — sem a garrafa, notei.

— Lady De Vil — ela disse.

— Sim? — nós duas respondemos.

Só uma pequena confusão. E a Aranha continuou:

— Sir Huntley chegou. Eu o levei para a sala de estar.

— Por favor, traga-o para cá em alguns instantes, sra. Web. E, pelo amor de Deus, traga aquela garrafa.

— Isso, sra. Web. Por que não busca a garrafa antes de pedir a Sir Huntley que venha para cá? — falei, dispensando-a.

— Cruella, não quero que fique mandando nos criados em minha própria casa. Sei que você não gosta da sra. Web, mas eu tenho que conviver com ela.

Dei risada.

— Sinto muito por isso — falei. — Mas por que convidou Sir Huntley? Achei que fôssemos passar a tarde só nós duas, para comemorar meu aniversário.

— E estamos fazendo isso, querida. Comemorando o seu aniversário de vinte e cinco anos. O dinheiro de seu pai, sua herança, passa a ser seu oficialmente hoje, meu amor. Achei que você estivesse ansiosa para oficializar a transferência do dinheiro para mim, como discutimos. — Eu tinha me esquecido completamente daquilo. É claro que eu pretendia transferir a herança, mas não esperava fazê-lo naquela tarde.

— Estou, claro — falei, sorrindo. Embora eu tivesse sido pega de surpresa, estava realmente feliz por fazer aquilo por minha mãe. Eu sentia orgulho por poder sustentá-la assim. Fazer algo por ela depois de todos os anos que ela dedicara a mim.

Sir Huntley parou à porta da sala matinal e pigarreou.

— Boa tarde, caras damas. A sra. Web me disse para vir para cá. — Ele era um homem tão acanhado. Como uma pequena toupeira que só saía de sua toca para fazer os clientes assinarem documentos. Uma toupeira usando um paletó de tweed.

— Claro, Sir Huntley. Sente-se, por favor — falei, fazendo minha mãe se encolher. Eu tinha feito aquilo de novo. Estava dizendo às pessoas o que fazer na casa dela. Bem, talvez eu estivesse assumindo o controle da casa ao orientar os empregados de minha mãe pela última vez antes de passar a casa e o dinheiro para o nome dela. Obviamente, não percebi naquele momento, mas agora, quando penso naquela ocasião, tenho quase certeza de que era isso que eu estava fazendo.

— Não posso ficar, senhoras. Vim só trazer os papéis que vocês pediram. — Sir Huntley lançou um olhar nervoso de relance para minha mãe. Parecia que aquela era a casa do terror, pelo jeito como todos pisavam em ovos perto de nós.

— Então por que simplesmente não mandou entregar os papéis? — perguntei, tentando não rir do pobre homem. Ele tremia tanto que achei que fosse derrubar sua maleta.

— Eu queria ter certeza de que esse ainda é o seu desejo, Lady Cruella — ele replicou, desta vez impedindo que suas mãos tremessem ao agarrar a maleta com tanta força que era possível enxergar o nó dos dedos ficando brancos. — Já faz anos que discutimos esse assunto.

— O senhor está bem, Sir Huntley? — Olhei para suas mãos trêmulas. — Gostaria de uma xícara de chá? Tenho certeza de que a criada de minha mãe adoraria ir buscar o chá na cozinha, embora talvez demore uma hora ou duas para voltar. — Ri da minha própria piada, mas minha mãe apenas olhou furiosa para mim.

— Não, obrigado. — Ele tinha uma expressão preocupada, e de repente me senti mal por estar me divertindo com o nervo-

CRUELLA

sismo dele. Ele só estava cuidando dos meus interesses, fazendo exatamente o que meu amado pai lhe pedira. Então eu o tranquilizei da melhor forma que pude.

— Este é mesmo meu maior desejo, eu lhe garanto — tentei acalmá-lo com um sorriso.

Com as mãos um pouco mais firmes, Sir Huntley abriu sua maleta. Tirou de lá os papéis e os inspecionou por um instante antes de colocá-los sobre a mesa redonda à esquerda do sofá que ficava diante da lareira.

— Então, se vocês duas assinarem, logo partirei — ele disse, e depois acrescentou depressa: — Isto é, se Lady Cruella tiver certeza absoluta.

— Eu tenho, Sir Huntley — falei, com firmeza desta vez. Será que ele achava que minhas decisões eram tão volúveis assim? Eu queria estapeá-lo por fazer aquela pergunta diante de minha mãe. — Vamos assinar, mamãe? — perguntei. Sir Huntley ofereceu uma caneta-tinteiro, que achei que não fosse funcionar! Tive que chacoalhar a maldita caneta várias vezes, até que finalmente respingos de tinta preta atingiram o coitado. Segurei o riso, assinando meu nome na linha pontilhada. Mamãe colocou sua assinatura abaixo da minha. E estava feito. Eu tinha dado minha fortuna a mamãe. E eu estava feliz em fazê-lo.

— Muito bem — ele disse. Parecia derrotado. Sua papada estava ainda mais flácida que o normal, e seus olhos pareciam caídos enquanto ele juntava os papéis e os colocava de volta na maleta. Então ele parou e olhou para mim. — Lady Cruella, se precisar de qualquer coisa, qualquer coisa mesmo, é só me ligar. – E, feito um cão sarnento, ele saiu depressa, antes que mamãe tocasse a sineta e chamasse alguém para enxotá-lo.

– Ora, que dramático! – falei, rindo. A sra. Web entrou na sala. De mãos vazias, quem diria! – Minha nossa, mulher! Cadê o champanhe? – A Aranha simplesmente permaneceu calada e imóvel, como se tivesse visto um fantasma. Ou talvez o próprio reflexo. Eu me dirigi à minha mãe. – Isso é um absurdo, mamãe. O que deu nos seus criados? Estão todos determinados a me irritar hoje?

– Cruella, qual é o seu problema? Fique calma. – Minha mãe levou a mão à testa, como se estivesse ficando com dor de cabeça. – E o que está fazendo? Pare de mexer nesses brincos! São os brincos que seu pai lhe deu, imagine ele como ficaria triste se os perdesse.

– Eles estão me incomodando por algum motivo – falei, girando a esfera de jade outra vez, esperando que isso aliviasse o incômodo.

– Então os tire. Você está irritada por causa deles. – Tínhamos nos esquecido completamente da sra. Web. Ela permanecia lá parada, pálida, como se alguém tivesse drenado todo o seu sangue. – Qual o problema, sra. Web? Por que ainda não trouxe nossas bebidas? – Minha mãe também estava começando a ficar mal-humorada. Talvez a minha irritação fosse contagiosa.

A sra. Web permaneceu imóvel por mais um instante antes de finalmente falar.

– Lady Cruella, é o seu marido.

CRUELLA

– O que tem o meu marido? – perguntei, ainda distraída com meus brincos e tentando adivinhar sobre o que ela estava falando. – Ele está aqui?

– Não sei como lhe dizer isso, Lady Cruella, mas ele morreu.

– Isso é impossível – zombei. – Jack jamais morreria assim! Deve haver algum engano. – A Aranha podia ser terrível, mas aquela era uma brincadeira cruel demais até para ela.

– Sinto muito, senhora, mas é verdade. Jackson e os outros empregados estão lá embaixo. Estão todos muito abalados. – Aquilo não fazia nenhum sentido. Tudo parecia confuso e surreal.

– Por que estão aqui? Onde está Jackson? Mande-o subir, que quero falar com ele – mandei.

– Acho que ele está em choque, senhora – ela disse, olhando para mim com tristeza. Eu não suportava aquele olhar. Todos sempre tinham me olhado daquele jeito, a minha vida toda, e eu já estava cheia. Eu não ia aguentar aquilo *dela* também. Permaneci imóvel.

– Acredito que minha filha também esteja em choque, sra. Web – minha mãe respondeu. Sua voz era surpreendentemente gentil. – Por favor, mande Jackson subir de uma vez para que possamos falar com ele. – A sra. Web ainda permaneceu parada um instante, insegura, imóvel.

– Mande-o subir de uma vez! – gritei. – Mande-o subir agora mesmo! Entendeu? Vá! – A mulher deixou a sala correndo, e eu continuei lá com minha mãe. Sozinha. Eu estava sozinha agora? Meu Jack dos Sonhos tinha mesmo morrido? Eu não entendia. Eu não podia acreditar. Não era possível que meu Jack estivesse morto. Não o Jack dos Sonhos. Ele era forte demais para morrer. Teimoso demais para se deixar matar. Aquilo não fazia sentido. Devia haver algum tipo de engano.

A srta. Pricket surgiu na sala matinal no lugar de Jackson. Ela estava péssima. Seu rosto, mãos e roupas estavam sujos de uma espécie de fuligem, e seus cabelos estavam uma bagunça. Fiquei tão aliviada em vê-la que quase caí no choro.

— Srta. Pricket! O que aconteceu? Onde está Jackson? — falei.

— Ah, senhora, sinto muito — foi tudo que ela conseguiu dizer antes de começar a chorar tão desesperadamente que seu corpo tremia toda vez que respirava.

— O que aconteceu? Por favor, diga-me o que aconteceu. Ninguém parece ser capaz de dizer o que aconteceu com meu marido!

A srta. Pricket olhou para mamãe, nervosa. Suas mãos tremiam.

— Tome um conhaque, garota. Sente-se e diga à minha filha o que aconteceu. Que loucura! Onde está Jackson? — Minha mãe estava erguendo a voz, obviamente tão frustrada quanto eu. A srta. Pricket se serviu de um pouco de conhaque e bebeu tudo num gole, e então se recompôs.

— O sr. Jackson está lá embaixo com os outros. A sra. Web chamou o médico quando chegamos. O médico está examinando o sr. Jackson agora, por isso eu vim até aqui. — E então ela começou a chorar de novo. Soluçando descontroladamente, ela contou o que tinha acontecido, com a respiração entrecortada. – Ah, Lady Cruella, eu sinto muito. Fizemos tudo que podíamos, mas o incêndio foi grande demais. Jackson tentou salvá-lo. Ele queria salvá-lo. Mas o fogo estava fora de controle, não conseguimos chegar ao escritório. Nossa passagem estava bloqueada, e as chamas se espalhavam por toda a casa. Só quem estava nos andares de baixo conseguiu deixar a casa, Lady Cruella. Quando os bombeiros finalmente chegaram, já não restava mais nada. – Eu não podia acreditar naquilo. Jack *devia* ter escapado de algum modo.

– Tem certeza que Jack estava no escritório? Ele não pode ter saído? – perguntei, desesperada.

– Não, senhora. Ele ficou a tarde toda no escritório. Jackson saberia se ele tivesse saído – ela retorquiu, trêmula por causa das lágrimas.

– Os bombeiros encontraram o corpo dele? – falei, convencida de que ele havia escapado sem ninguém saber.

– Não encontraram, senhora. Mas ainda estão investigando, tentando descobrir como o fogo começou.

– Então existe uma chance de ele não ter morrido – falei. – Jack não pode estar morto. Não pode! Só acreditarei nisso quando testemunhar com meus próprios olhos. Mande alguém trazer o carro.

– Senhora, não sobrou nada além de cinzas e destroços. Não sobrou nada.

A srta. Pricket tinha razão. Não havia sobrado nada. A casa, todas as nossas coisas. Tudo o que era meu não existia mais. Jack não existia mais.

Nunca perdoei Jackson e os outros por terem sobrevivido ao incêndio. Eu não entendia como ninguém tinha conseguido salvá-lo. Nenhum dos criados foi capaz de me dizer o que tinha acontecido. Não de forma coerente, pelo menos. As únicas pessoas que haviam conseguido sair ilesos da casa eram as que trabalhavam lá embaixo. O chefe dos bombeiros disse que tinha havido algum problema com a lareira do escritório. Ele disse que havia uma quantidade enorme de lixo, papéis e arquivos enfiada na lareira, e que o corpo de Jack tinha sido encontrado próximo a ela, no que havia restado de sua poltrona. Ele achava que Jack tinha adormecido, e por isso não percebeu que o escritório estava pegando fogo. Que a fumaça o tinha feito desmaiar, e que por isso ele não havia acordado.

— Então ele não sentiu dor, não ardeu nas chamas? — perguntei.

— Não, senhora. Creio que não. Não há sinais de que ele tenha tentado sair do escritório. Em casos como este, geralmente encontramos indícios de que a pessoa tentou quebrar uma janela ou chegar até a porta. Seu marido permaneceu sentado na poltrona. — E então ele me fez uma pergunta inimaginável. — Seu marido estava chateado com alguma coisa, senhora? Comentou algo que pudesse revelar algum tipo de preocupação? — Eu não estava entendendo. — Sinto muito, senhora, mas tenho que perguntar. Os papéis, o entulho na lareira. Era bastante coisa. Parecia que ele estava tentando queimar tudo de propósito.

– Não seja ridículo. Meu marido era a pessoa mais feliz do mundo. Ele não faria algo assim tão tolo. E não estava tentando eliminar provas de negócios escusos! Ainda não estou totalmente convencida de que o corpo encontrado é o dele! Ele não faria isso comigo. Ele não me abandonaria. Não faria isso.

Não pudemos identificar o corpo de Jack, nem de nenhum dos empregados encontrados no andar de cima. Para mim, foi um dos criados de libré quem tinha morrido no escritório de Jack, tomando uma bebida e tirando um cochilo perto do fogo. Não havia sobrado nada da roupa naquele corpo. Nada dele. Eu estava convencida de que Jack não estava em casa quando o incêndio começou, então apenas esperei. Nas cinzas, esperei meu amor voltar para casa. Eu me recusei a sair do local, tinha certeza de que Jack voltaria para mim. Mamãe finalmente mandou um carro me buscar para me levar de volta a Belgrave Place. Ela me colocou no meu antigo quarto e instruiu Jackson e os outros sobreviventes do incêndio a ficarem lá embaixo, fora de vista.

Eu me tranquei no quarto por semanas, recusando-me a comer, recusando-me a acreditar que Jack tinha morrido.

Ainda sinto que ele está vivo no meu coração.

Fiquei trancada no meu antigo quarto na casa de minha mãe por umas três semanas, até ela tentar me obrigar a sair. Mas isso já é outro capítulo. Outra parte da história. Não quero escrever sobre isso agora. Fico arrasada. Prefiro continuar escrevendo sobre Jack. No entanto, o que mais posso dizer? Ou ele está morto ou está fingindo estar morto. A certa altura, comecei a achar que talvez ele tivesse partido numa viagem de negócios sem me avisar. Algum tipo de emergência, talvez? Sei lá. Eu me agarrava a qualquer explicação que pudesse arranjar. Mas agora já faz muito tempo desde que o incêndio aconteceu. Todos me dizem que eu deveria aceitar que o corpo na cripta de Jack é mesmo de Jack. Do meu amado Jack. Do meu Jack dos Sonhos.

Dizem que eu deveria me despedir, mas não consigo fazer isso. Ainda não.

CAPÍTULO XIV

CRUELLA DE VIL

Já havia passado quase um mês desde o incêndio. Eu ainda estava com minha mãe em Belgrave Square, isolada em meu antigo quarto, recusando-me a ver qualquer um. Isto é, até determinada manhã, em que minha mãe entrou estrondosamente em meu quarto, junto de um batalhão de criadas. Ela lhes dava ordens feito um general, apontando direções e rosnando comandos.

— Rose! Abra essas cortinas! Este lugar está deprimente. E abra uma janela. Lady Cruella não pega um ar fresco ou luz do sol há semanas!

— Não abra as cortinas! — falei, debaixo das cobertas, assustando a criada de minha mãe. Eu não estava pronta para sair da cama. Nao importava quantas empregadas minha mãe tivesse levado para o meu quarto. Eu não sairia de lá. Puxei o edredom por cima da cabeça e tentei me esconder do caos que havia acabado com a minha solidão.

Sob o edredom, dava para perceber que o quarto fora inundado pela radiante luz da manhã, e também dava para notar as

CRUELLA

sombras das criadas se movendo apressadas de um lado para o outro para cumprir as ordens de minha mãe.

— Violet, prepare um banho para Lady Cruella! — latiu minha mãe, deixando-me assustada. Eu vinha recusando visitas havia semanas, e não estava acostumada com todo aquele barulho e agitação. Era perturbador me ver cercada por tanta coisa acontecendo ao mesmo tempo, e tudo o que eu queria era voltar a dormir. Eu estava exausta e com o coração partido. Eu não entendia por que minha mãe estava me forçando a sair da cama.

— Não vou tomar banho! — eu disse sob as cobertas.

— Cruella, pare de agir feito criança e saia de debaixo dessas cobertas logo! Você vai levantar dessa cama, tomar banho e se vestir! — disse minha mãe. Sob o edredom, eu via sua sombra parada bem diante da minha cama.

— Sarah! Onde está a bandeja que pedi que fosse preparada para Lady Cruella?

— No corredor, senhora — disse a criada, saindo depressa para buscá-la.

— Não estou com fome! — gritei, mas ela já estava de volta com a bandeja antes que eu pudesse terminar meu protesto. Dava para ver sua sombra parada à minha frente, segurando a bandeja e esperando que eu me sentasse.

— Cruella, sente-se, e pelo menos coma alguma coisa. — Desta vez minha mãe erguera a voz. Ela estava ficando irritada. E aquilo era a última coisa que eu queria, então saí de maneira relutante do abrigo das cobertas, apertando os olhos porque o quarto estava banhado em luz.

Fez-se silêncio no quarto. Todos olhavam para mim.

– Minha nossa! Todos já para fora do quarto! Violet, chame o médico! Agora! – Minha mãe parecia sinceramente chocada. As criadas se dispersaram feito camundongos.

– O que foi, mamãe? Qual o problema? – perguntei. A expressão dela era um misto de preocupação e terror. – Mamãe? O que foi?

– Nada, querida. Nada – ela disse, dando um tapinha carinhoso na minha mão e fingindo que estava tudo bem.

– Mamãe! Qual o problema? – falei, saindo da cama. Ela começava a me assustar. – Diga o que aconteceu, por favor!

– É o seu cabelo, Cruella. Ficou branco!

Minha mãe sempre tinha sido dramática e com tendência a exageros. O fato era que apenas metade do meu cabelo tinha ficado branca. A outra metade continuava tão preta quanto piche, como sempre tinha sido. Mas era típico de minha mãe deixar a casa toda em pânico por causa de algo tão banal quanto a cor do meu cabelo.

⚜ ⚜ ⚜ ⚜

O médico chegou um pouco mais tarde. Minha mãe estava muito tão aflita e agitada, andando tanto de um lado para o outro, que ele tentou tirá-la do quarto.

– Não pretendo sair do quarto, dr. Humphrey. Olhe só o estado dela! Olhe o cabelo dela. O que pode ter causado isso?

CRUELLA

— Lady De Vil passou por uma tremenda perda repentina. Está sofrendo com o choque e com o luto — ele disse.

— Mas o cabelo dela vai voltar ao normal? — minha mãe perguntou. O médico, no entanto, não parecia preocupado com meu cabelo.

— O que me preocupa é a magreza de sua filha — ele disse, examinando-me. — Mas acho que, com um pouco de descanso, mais luz do sol e uma dieta equilibrada, logo estará recuperada.

Depois que o médico foi embora, mamãe me convenceu a comer na sala de jantar naquela noite. Enquanto eu tomava banho, ela ordenou que a criada preparasse um lindo vestido para eu usar no jantar, mas eu não estava a fim de usar outra coisa que não fosse o meu vestidinho preto. O mesmo que eu estava usando quando soube que Jack havia morrido. Eu o encontrei lavado e pendurado no armário, ao lado de vários vestidos e camisolas que minha mãe havia comprado para mim e mandado para o meu quarto. Aquele vestido ainda ficava bom em mim. Elegante, preto e deslumbrante. Combinava perfeitamente com meus brincos e o meu novo anel de jade, que Jack me dera de aniversário.

Olhando-me no espelho, parada no meio de meu antigo quarto, eu parecia uma outra pessoa: mais magra, mais velha e, de algum modo, mais sábia e mais elegante. Eu tinha mudado. Eu estava vivendo em um mundo completamente diferente. Um mundo sem meu Jack. Parecia apropriado que eu, também, estivesse diferente. Decidi que gostava da minha nova beleza. Gostava do meu ar severo. Gostava até do meu cabelo. Só sentia falta de uma coisa: do meu casaco de pele. Eu o vesti. Voltei a ser eu mesma. Desci as escadas. Eu estava pronta.

CAPÍTULO XV

ADEUS, BELGRAVIA

Aquela seria minha última noite com minha mãe, embora eu ainda não soubesse disso. A mesa estava posta com elegância, e a cozinheira de minha mãe havia se superado, preparando todos os meus pratos preferidos em um esforço para estimular meu apetite. Sentei-me de frente para minha mãe, revirando a comida no prato. Ela olhou para mim nervosa, como vinha fazendo desde que vira minha transformação pela primeira vez.

— Cruella, mandei preparar todos os seus pratos prediletos. Consegue comer alguma coisa? — ela perguntou.

— Agradeça à sra. Baddeley por mim, por favor — falei. — E peça desculpas a ela por eu estar sem apetite. — Minha mãe me olhou como se eu estivesse ficando maluca.

— A sra. Baddeley não trabalha mais aqui, Cruella. Eu já lhe disse isso, lembra? — O fato era que eu havia me esquecido.

— Como espera que eu me lembre dessas mudanças triviais e insignificantes no quadro de empregados, mãe? — perguntei com arrogância, mas a verdade era que eu indagava como podia ter me esquecido.

— Tem razão, minha querida — ela disse, ainda olhando para mim com cara de preocupada. Supus que fosse porque ainda estava se acostumando com meu cabelo. Então ela continuou: — Cruella, por que está usando o casaco de pele que lhe dei de aniversário para jantar?

— Você não me deu este casaco, mamãe. Jack me deu. Foi um presente de aniversário — eu disse, sorrindo para ela. Ela pareceu confusa.

— Minha querida, *eu* lhe dei o casaco de aniversário. — Ela olhou para mim desconfiada. Agora me ocorre que eu devia estar sofrendo de algum tipo de perda de memória por causa do choque provocado pela morte de Jack. Não era de se admirar que minha pobre mãe estivesse tão preocupada. Mas então me lembrei.

— É verdade, foi você que me deu, mamãe. Agora me lembrei. Você me deu o casaco, Jack me deu o anel e papai me deu os brincos.

— Sim, querida — ela disse, parecendo menos preocupada.

— Não sei o que faria sem você, mamãe. Não posso imaginar o que faria sozinha neste momento. Tenho tanta sorte por ter uma mãe tão gentil e que se preocupa tanto comigo.

E eu estava muito feliz em estar na casa em que havia passado minha infância, cercada por coisas que me confortavam.

— Você precisa mesmo comer, Cruella. Está tão magra — ela disse, obviamente preocupada.

— Não quero comer, mamãe. Não se preocupe. Acho que estou sofrendo um lapso de memória — falei, tentando fazer com que ela se sentisse melhor.

— O médico disse que isso pode acontecer. Talvez seja melhor pedir à sra. Web que ligue para ele e o informe disso.

— Não se aflija, mamãe — falei. — Garanto que estou bem.

— Violet não separou o vestido novo que lhe comprei, Cruella? O que está usando está folgado em você.

— Violet? Ah, sim, a criada. Ela separou, sim, mamãe. Mas eu preferi usar este — falei, lançando um olhar dissimulado para ela.

— É meio mórbido usar o mesmo vestido... — Mas ela se conteve. Obviamente ela estava irritada comigo, mas controlando sua raiva porque estava preocupada com minha saúde.

— Sinto muito, mamãe. — Afastei meu prato, decidindo que já bastava de fingir que eu jantaria. — Eu realmente não quero comer agora.

— Sei que está triste, querida. Vamos para a sala de estar. Tenho um assunto importante para discutir com você.

Revirei os olhos.

— Não podemos simplesmente continuar aqui? E que assunto é esse que temos que discutir? — perguntei.

— Bem, para começar, temos realmente que fazer algo a respeito dos seus empregados. Não posso mantê-los todos aqui, junto dos meus próprios criados. Não mudou de ideia sobre mantê-los? É claro que precisará de criados em que possa confiar quando for para sua casa nova.

— Minha casa nova? — perguntei, sem entender. Eu não fazia ideia do que ela estava falando. Que casa nova? Eu pretendia ficar ali onde estava. No lugar onde me sentia mais segura. Na casa que meu pai havia deixado para mim.

— Obviamente, querida, você vai querer começar uma vida nova em sua casa nova. Ou talvez queira viajar? O que achar melhor, querida.

— Bem, mamãe, eu estava pensando em pedir para ficar aqui. Podemos fazer uns ajustes para que Jackson e a srta. Pricket também fiquem.

Minha mãe parecia muito desconfortável.

— Na verdade, Cruella, vou fechar a casa.

— O que quer dizer com fechar a casa? — Eu não entendia. Eu tinha acabado de lhe dar a casa e agora ela ia fechá-la?

— Quero dizer exatamente o que eu disse. — Ela nos serviu um pouco de chá, decidindo que não ia esperar até que a sra. Web nos conduzisse à sala de estar.

— Mas achei que eu ficaria aqui. Pelo menos por mais um tempo — falei. — Se você deseja viajar, posso tomar conta da casa para você. Prometo não ser má com a sra. Web.

— Não vai dar, Cruella. Já cuidei para que tudo fosse encaixotado e vendido em um leilão. Tenho duas semanas para esvaziar a casa antes que os novos proprietários cheguem, e não planejo voltar a Londres por um bom tempo. Dispensarei todos os empregados, menos a sra. Web. Ela será minha acompanhante.

— Duas semanas? Então não está fechando a casa, mamãe. Você a vendeu. Bem debaixo do meu nariz.

— A casa é minha, Cruella. Posso fazer o que quiser com ela. — Eu estava furiosa. Tinha acabado de perder minha própria casa e meu marido. Tudo que eu queria era ficar em um lugar em que me sentisse segura. Eu não podia acreditar que ela tinha vendido a casa tão depressa, e sem me dizer nada. Sir Huntley me avisara que aquilo poderia acontecer.

— Você vendeu a casa no instante em que transferi tudo para o seu nome. Não posso acreditar na minha estupidez.

Eu me levantei, incapaz de permanecer sentada. Eu estava tão irritada com ela. Mas não havia nada que eu pudesse fazer. Àquela altura, não tinha sentido brigar com minha mãe. De todo modo, ela mudou de assunto e me poupou de ter que continuar aquela conversa.

— Falando em Sir Huntley, tomei a liberdade de convidá-lo para vir aqui hoje depois do jantar. Eu o convidei para jantar, mas ele recusou, dizendo que viria mais tarde. Ele está ansioso para falar com você a respeito do testamento de Jack.

Minha mãe estava cheia de surpresas naquela noite.

— Não estou pronta para falar sobre o testamento de Jack, mamãe. Eu realmente gostaria que tivesse me perguntado se eu gostaria de ver meu advogado — falei, colocando a xícara com força sobre a mesa.

— Sir Huntley é mais que nosso advogado, Cruella. Ele trabalha para nós há muito tempo. É quase parte da família.

De repente, caí na risada. Eu estava incrédula. Quem era aquela mulher? Certamente não era minha mãe.

— Sir Huntley! Um membro da família? Por favor! Você detesta o sujeito! — falei. — O que está tramando, mamãe? Posso ter tido um lapso de memória, mas me lembro muito bem do seu desprezo por Sir Huntley.

— Muito bem, Cruella. Nem sei direito o que dizer com você nesse estado. Você tem agido de uma maneira tão estranha. Só estou tentando facilitar as coisas para nós...

Mas, antes que pudesse dizer mais alguma coisa, Jackson entrou na sala.

— As damas estão prontas para ir para a sala de estar? Sir Huntley já deve estar chegando — ele disse, olhando para mim com tristeza. Parte de mim queria levantar e abraçar o homem. Eu me sentia uma garotinha perdida, sentada na sala de jantar de minha mãe. Eu me sentia tão sozinha. Papai e Anita tinham partido, e agora Jack também. E mamãe estava me abandonando. Quem mais eu tinha além de Jackson e da srta. Pricket? Mas eu não conseguia perdoá-lo por não ter salvado Jack. E eu não suportava aquele olhar de pena.

— *As damas* estão prontas para ir para a sala de estar? — arremedei. — Considerando que *só há damas aqui,* exceto você, Jackson, eu diria que *as damas* estão prontíssimas para ir para a sala de estar.

— Cruella, qual é o seu problema? — Minha mãe parecia horrorizada.

— Por que você acha que só há damas jantando aqui hoje? Por que você acha que meu marido não está aqui conosco? — Eu sabia que estava magoando Jackson, mas eu não me importava.

— Cruella, pare com isso. Jackson, desculpe-me. — Minha mãe estava morrendo de vergonha. E parte de mim estava chocada com meu próprio comportamento, mas eu não conseguia evitar. Eu estava triste, mas também irritada. Meus brincos estavam me incomodando outra vez, e, quanto mais eles me irritavam, mais eu queria gritar. Acabei descontando no coitado do Jackson.

Era como se uma fúria imensa estivesse explodindo dentro de mim, e eu a estava canalizando para o pobre homem, um sujeito que sempre havia me tratado como uma filha quando eu era pequena. Mas eu não conseguia me conter. Eu não conseguia perdoá-lo. Eu não conseguia não o odiar. Embora aquele fosse o momento em que eu mais precisava dele.

— Eu disse para mantê-lo fora de vista, mamãe! — falei arremessando a xícara do outro lado da sala. O pobre Jackson saiu sem dizer nada. E a sala ficou subitamente em silêncio, só por um instante. Tudo o que me restara era a minha fúria. — Como se atreve fazê-lo entrar aqui desse jeito?! Eu lhe disse que não queria vê-lo!

— Como *eu* me atrevo? Como *você* se atreve a falar com Jackson daquela maneira! Controle-se, Cruella! O que deu em você? Você magoou Jackson. Ele sempre a adorou, desde que você era uma garotinha, e sei que ele se sente péssimo com o que aconteceu com Jack! Jackson não tem culpa se sobreviveu ao incêndio e Jack não! — ela disse. E tinha razão. Mas eu não conseguia enxergar aquilo na época. Meu ódio era grande demais. Tudo estava desmoronando à minha volta. Eu estava caindo em um buraco profundo sem nada em que pudesse me agarrar.

— Magoei Jackson, essa é boa! Desde quando você se importa com o sentimento dos nossos empregados, mãe? — explodi, mexendo em meu brinco e o fazendo girar, tentando fazer com que minha orelha parasse de arder.

– Cruella, acalme-se, por favor. E pare de mexer nesse maldito brinco. Sir Huntley chegará a qualquer momento, isso se já não estiver na sala de estar. Então, por favor, fale baixo e recomponha-se.

– Que irônico, mãe. Você dizendo para eu me recompor para receber Sir Huntley. – Ri tanto que quase me engasguei. – Com certeza você deve ter bastante coisa para preparar para a mudança. Posso falar com Sir Huntley sozinha.

Saí da sala de jantar me sentindo um pouco tonta. Tudo estava mudando. Meu Jack se fora, e em breve a casa em que eu havia crescido também deixaria de existir. Para onde eu iria? Bem, pelo menos eu tinha dinheiro suficiente para fazer o que eu quisesse. Para viver onde bem entendesse. Eu não podia me imaginar morando em uma das casas de Jack sem ele. O que eu realmente queria era ficar na casa da minha infância, mas não era mais uma opção. Pensei em comprá-la de volta dos novos donos. Eu perguntaria à minha mãe quem eles eram e faria uma oferta absurda para tirar a casa das mãos deles. Não importava o preço, valia a pena. Eu queria voltar ao meu plano de vida original. Eu queria morar sozinha na casa de meu pai. E talvez eu mantivesse Jackson e a srta. Pricket. Afinal, eram os únicos que me restavam. Com o tempo, eu conseguiria perdoá-los. E talvez, só talvez, eu pudesse perguntar a Anita se ela gostaria de uma aventura. Sem dúvida, viver comigo seria muito melhor do que com aquele músico idiota.

Então me lembrei. Sir Huntley estava à minha espera.

CAPÍTULO XVI

ADEUS, MAMÃE

Depois que Sir Huntley foi embora, mamãe entrou na sala para ver como eu estava. Ela me encontrou sentada no sofá de couro. Eu estava atordoada. Eu não tinha mais nada. Nada além da escritura de uma casa que nem queria. Mas já vou chegar lá.

– Querida, está tudo bem? Sir Huntley parecia péssimo ao sair. Ele trouxe más notícias?

Eu não conseguia dizer a ela que minha vida tinha sido reduzida a quase nada. Eu não podia desapontá-la daquele jeito.

– Não, mamãe. Só estou triste – falei. – E sinto muito por meu comportamento. Pela forma como falei com você mais cedo. Não sei o que me deu. Eu estava fora de mim. – Girei no dedo o anel que eu ganhara de Jack. Ela se sentou ao meu lado no sofá, envolvendo-me com seus braços.

– Bem, não é de se admirar, querida. Eu me senti exatamente assim depois que seu pai morreu. Foi por isso que parti, minha amada Cruella. Eu estava tão irritada. Eu me sentia tão abandonada e solitária.

Não teria se sentido solitária se tivesse ficado em casa comigo, pensei, mas não disse nada. Eu tinha perdido todos que amava. Não queria perder minha mãe também, ainda que suas escolhas me deixassem confusa e zangada.

— Eu tinha medo de descontar em você minha raiva por seu pai ter morrido, minha Cruella — ela disse. — Mas pensei em você todos os dias enquanto estive longe.

Sorri para ela.

— E me mandou presentes. Eu sabia que estava pensando em mim. Eu sabia que me amava, mamãe. — Meu coração já conseguia aceitá-la. Eu sentia como se a entendesse melhor agora que eu estava sofrendo o mesmo que ela havia sofrido.

— Mas agora estamos no mesmo barco, não é, querida? Ambas abandonadas. Ambas soltas no mundo. Ambas capazes de nos destacar da maneira que pudermos. Cruella, use sua grande fortuna e crie a melhor vida possível para si. Você não queria se casar mesmo. Viaje pelo mundo. Tenha uma vida maravilhosa.

Caí no choro. Eu não tinha meios para fazer nada daquilo. E odiava ter que contar isso a mamãe.

— Não tenho mais nada, mamãe. Nada além do que tenho aqui comigo. Perdi tudo — falei, chorando nos braços de minha mãe.

— Ah, querida. Sei que você amava muito Jack, e que é normal se sentir assim, principalmente no início, mas isso não é verdade. Você ainda tem a fortuna dele. Assim como eu tenho a do seu pai. — Ela me liberou do abraço e segurou minhas mãos. — Prometo que vai ficar tudo bem, Cruella.

— Mas não vai, mamãe. Jack não me deixou nada, não havia nada para me deixar. Suas empresas estavam cheias de dívidas, e o que restou foi tomado por seus sócios inescrupulosos. Ele estava lidando com esse problema durante todo o tempo em que fomos casados, e eu nunca soube de nada. Não restou nada para mim.

— Que absurdo! Como Jack deixou uma coisa dessas acontecer? — ela perguntou.

— Sir Huntley acha que ele já vinha enfrentando dificuldades há muito tempo, perdendo dinheiro para os sócios. Obviamente, ele não me disse nada a respeito. Conhece Jack, sempre se escondendo atrás de um sorriso. Sempre querendo me fazer feliz.

Mamãe estava em choque.

— Mas e o dinheiro da família dele? Com certeza, os sócios não conseguiriam botar as mãos nele, não? — ela questionou.

— Eu... eu assinei uns papéis — gaguejei. — Antes do casamento. Um acordo pré-nupcial. Não pensei em nada disso na época. Achei que Jack e eu seríamos felizes para sempre. Mas agora ele se foi e o dinheiro da família dele está protegido, inclusive de mim.

— Isso é um disparate, Cruella! Para onde você vai? Como fará para se sustentar? Não entendo como isso pode ter acontecido. — Ela estava histérica, o que não ajudava em nada.

— Acho que a culpa é minha, mamãe. Talvez, se eu não tivesse me isolado do mundo quando Jack morreu, poderia ter feito algo para mudar a situação, embora Sir Huntley tenha dito que não havia nada que eu pudesse ter feito.

— Bem, Cruella, então ele tem razão. Se ele diz que não havia nada que você pudesse ter feito, não faz sentido pensar nisso. Só quero saber como você vai viver. Não posso acreditar que Jack a deixou sem um tostão! – Ela se levantou subitamente do sofá e andou na direção da lareira.

– Parece que papai me deixou a Mansão De Vil, caso algo assim acontecesse. Uma espécie de seguro em caso de desastre.

– Então você está amparada. Ótimo. Não tenho que me preocupar com você. – Ela olhou carinhosamente para uma foto de meu pai sobre o aparador da lareira.

– Mamãe, o dinheiro dos inquilinos e dos agricultores mal dá para manter a casa e os terrenos, quanto mais para me sustentar. Pensei que talvez eu pudesse viajar com você. Ou que talvez você pudesse reconsiderar e me deixar morar aqui. É tarde demais para dizer que não quer mais vender a casa?

– Ouça, querida, acho que o ar do campo vai lhe fazer bem. Passar um tempo longe da cidade. Precisa se recuperar, Cruella. Criar uma vida nova. Como fiz quando seu pai morreu.

– Mas como? Como farei isso?

– Cruella, você é uma mulher jovem, forte e talentosa. Você é como eu. Seu pai sempre dizia isso. Olhe para mim. Perdi meu marido e minha fortuna, e agora recuperei o dinheiro! Você pode fazer o mesmo! Destaque-se, filha. E o que pode ser melhor que recomeçar do zero? E em uma casa nova, na Mansão De Vil. Ah, será perfeita para você, minha Cruella.

Eu lembrava vagamente da Mansão De Vil. Não tínhamos passado muito tempo lá porque a casa era rústica demais para mamãe. Cercada por um vilarejo e por fazendas. Nada além de colinas até onde a vista alcança. Ficava a horas e horas de

Londres. Tão longe dos meus amigos e da vida que eu tinha construído para mim junto de Jack.

Eu sentia como se estivesse sendo exilada, escondendo-me para que minha mãe não sentisse vergonha de sua filha pobretona. Escondida porque eu havia murchado e envelhecido por causa da minha dor. Poderia haver lugar melhor para me mandar do que a velha propriedade dos De Vil, no interior? Um lugar que passaria a ser conhecido como Mansão Infernal.

CAPÍTULO XVII

MANSÃO INFERNAL

Embora a Mansão De Vil fosse maior do que eu me lembrava, era um lugar solitário. Uma casa de outros tempos, com seus sofás de veludo, móveis de madeira ornamentados e retratos a óleo em molduras douradas de antepassados distantes de meu pai me encarando das paredes. Era um lugar morto. Um lugar para se morrer. E era isso que eu pretendia fazer. Eu passava meus dias e noites sentindo falta de Jack, sentindo falta dos meus pais e sentindo falta da minha vida de antes. Eu estava definhando, triste demais para comer. Eu chorava e berrava à noite com tanta frequência que a Mansão De Vil ficou conhecida nos arredores como Mansão Infernal. Decidi assumir o apelido.

Eu não conseguia deixar a escuridão para trás nem ver uma luz no fim do túnel da minha infelicidade. Chorei até ficar exausta demais para continuar chorando. Enquanto dormia, eu sonhava com uma época em que eu tinha sido realmente feliz, caminhando pela mata no terreno da Academia da srta. Upturn com Anita — e acordava naquele lugar sombrio, com seu papel de parede descascado e assoalho que rangia. Eu estava tão brava com minha mãe por ter me abandonado naquele lugar. E fiquei brava com Jack por não ter garantido meu sustento após a sua morte. Eu estava irritada comigo mesma por ter ignorado os avisos de meu pai a respeito de minha mãe, e brava com ele por não ter feito o suficiente para me proteger dela. Eu estava sozinha. E era tudo culpa minha. Eu tinha afastado Anita. Não havia acreditado em seus avisos. Mas ela sempre tivera razão. Todos tiveram.

Eu tinha dado à minha mãe tudo que era para ser meu, e ela me dera as costas e me largara com os ventos uivantes e cães latidores do interior.

Eu ficava lembrando da minha última conversa com minha mãe. E me perguntava por que não reagi quando ela não me ofereceu ajuda. Eu sempre tive medo de irritá-la. Medo de que ela me abandonasse se eu falasse alguma coisa. No fim, não adiantou nada. Foi exatamente isso o que ela acabou fazendo.

Não sei dizer quanto tempo havia transcorrido. Quanto tempo eu tinha passado lamentando a perda da minha antiga vida. Quantas noites solitárias eu havia passado chorando no escuro sem ninguém para me ouvir ou me consolar. Eu não era mais eu mesma. Deixei de lado tudo que me fazia lembrar daqueles que tinham me abandonado. Parei de usar minhas peles e meus brincos de jade – parei de usar até o anel de jade que eu havia ganhado de Jack. Vê-los só me dava raiva e me fazia chorar. Comecei a enxergar por que minha vida desmoronara. Como eu acabara ali. Achei que estivesse enxergando tudo claramente, como naquele Natal, quando Anita e eu ainda éramos próximas. Todos que estavam na cozinha naquela noite eram minha família de verdade, e eu só consegui afastá-los. Eu sentia falta de Anita e de Perdita. Se ao menos eu as tivesse mantido do meu lado, poderia tê-las levado comigo.

Em meu desespero e solidão, decidi ligar para Anita. Eu havia passado dias na cama. Estava exausta, fraca e sozinha. Mas peguei o telefone e liguei para uma das únicas pessoas que eu sentia que havia me amado de verdade. Ela ficou surpresa com a ligação. Nós havíamos trocado cartas esporadicamente, é claro, mas não havíamos nos falado até aquela noite.

— Oi, Anita querida. Sou eu, Cruella.

— Cruella? Oi. Como você está?

— Não estou bem, Anita. Gostaria de saber se você quer se encontrar comigo. Há tantas coisas que eu queria lhe dizer. Tantas coisas das quais me arrependo, mas eu gostaria de falar com você pessoalmente. E eu adoraria ver Perdita.

— Ah, Cruella. Não sei se é uma boa ideia. As coisas não acabaram muito bem entre nós. Não sei se isso vai dar certo.

— Anita, por favor. Ela é minha, no fim das contas. Um presente de meu pai. Vai me negar uma visitinha e a chance de lhe dizer quanto me arrependo de… bem, de tudo? — Houve uma pausa do outro lado da linha, e então um suspiro.

— Claro que não, Cruella. Vamos nos encontrar no Café do Parque. Sabe onde fica?

— Sei. E levará Perdita com você?

— Sim, Cruella. Eu a levarei.

— Obrigada, Anita. Não faz ideia de quanto isso é importante para mim.

— De nada. E Cruella… — Ela fez uma pausa. — Fico feliz que tenha ligado. Eu estava com saudade.

CRUELLA

— Ah, Anita. Eu também estava. — E então desliguei, antes que ela me ouvisse soluçar. Eu não esperava que ela dissesse que sentia saudade.

Eu estava tão ansiosa para vê-la que fiquei acordada quase a noite toda, andando de um lado para o outro pela casa desolada. Eu não conseguia dormir. Eu não conseguia comer. Eu não conseguia fazer nada além de me arrepender das escolhas que tinha feito. Anita tinha razão. Meu pai tinha razão. E eu estava me afogando em escolhas ruins. Mas tudo ficaria bem quando eu visse Anita. Tudo voltaria a ser como antes. Eu teria a minha vida de volta. Eu teria a minha amiga de volta.

CAPÍTULO XVIII

PERDITA

Eu estava tão nervosa naquela manhã enquanto me aprontava para encontrar Anita. Estava em frenesi, tentando encontrar a roupa certa. Eu queria que tudo fosse perfeito. Experimentei tudo que havia no meu guarda-roupa, vestindo e jogando as roupas na cama ou no chão, até finalmente encontrar meu vestido preto.

O vestido preto. Sabem de qual estou falando. O único vestido em que eu me sentia bem. O único vestido que parecia bom. E eu queria tanto deixar meus adereços para trás, deixar a antiga Cruella para trás, mas não consegui sair de casa sem eles. No último minuto, decidi usar o anel que Jack mandara fazer para mim e os brincos que eu ganhara de meu amado pai. Usar as peças que eu mais gostava fez com que eu me sentisse eu mesma outra vez. Algo mudou dentro de mim – principalmente quando coloquei meus brincos. Senti uma espécie de formigamento, uma sensação que crescia enquanto eu me dirigia a Londres.

CRUELLA

Mas deixei para trás o meu casaco de pele. Eu não suportava olhar para ele. Fazia com que eu me lembrasse de minha mãe, e eu temia que também fizesse Anita se lembrar dela.

Após uma longa viagem, finalmente cheguei a Londres e encontrei o pequeno café, exatamente onde Anita disse que ficava. Não que eu tivesse duvidado dela. Eu me sentia muito melhor agora que estava de volta a Londres. Eu conseguia respirar. E me sentia mais confiante. Estava cheia de uma energia que eu não sentia havia muito tempo, e feliz por ter feito aquela viagem. Havia algo em estar usando outra vez aquele vestido e minhas joias que me dava coragem. Ou talvez fosse apenas o fato de estar em Londres, ou a possibilidade de ver Anita novamente, ou de beijar o narizinho preto de Perdita. Eu não sabia ao certo. Independentemente do que fosse, eu estava feliz por estar lá. E por estar me sentindo eu mesma outra vez.

Estacionei na esquina e fui a pé até o café. Eu as vi assim que dobrei a esquina, antes que elas me vissem. Anita havia levado Perdita, como prometido, e usava um lindo vestido de verão. Ela lia à luz do sol enquanto bebericava seu café, e Perdita estava deitada enrodilhada aos seus pés. Tinha se transformado em uma bela cadela, com um focinho comprido e pontudo e traços delicados. Usava uma coleira azul fininha com uma plaquinha dourada. Anita estava cuidando bem dela. Mas eu jamais duvidara disso. Nem por um instante. Continuei lá parada mais um tempo, apenas observando-as. Invejando a felicidade delas. Sentadas ao sol. Anita nem ao menos tirava os olhos do livro ou consultava o relógio querendo saber onde eu estava. Ela estava despreocupada e feliz. Em comparação, eu me sentia um monstro. Alta demais, magra demais, triste demais e irritada demais para pertencer ao mesmo mundo que elas.

Eu tinha sentido tanta falta delas e havia tantas coisas que eu queria dizer a Anita. Tantas coisas das quais me arrependia. Ou pelo menos era isso que eu achava naquela época.

Quando me aproximei da mesa delas, Perdita abriu os olhos e, por um instante, achei que tivesse me reconhecido.

— Cruella! — Anita se levantou e me cumprimentou, ficando entre mim e Perdita e impedindo que eu esticasse a mão para lhe dar fazer um carinho.

— Olá, Anita — falei.

Anita olhou para Perdita e tentou persuadi-la a sair de trás dela para dar um oi.

— Perdita. Você se lembra de Cruella. Diga oi. — Ela apenas moveu a cabeça para a lateral da perna direita de Anita, espiando-me, mas não foi me cumprimentar. Admito que me senti arrasada. Eu tinha botado todas as minhas esperanças naquele encontro com elas. — Sinto muito, Cruella. Ela não é sempre assim. Com certeza, quando ela a conhecer melhor será mais carinhosa. — Doce Anita. Sempre tentando poupar meus sentimentos. Mas achei que talvez ela tivesse razão. Talvez Perdita eventualmente se lembrasse de mim.

— Ah, Perdita. Fico triste por você não se lembrar de mim. Você já foi minha, sabe — falei. Obviamente, o cão não entendia o que eu dizia. Mas talvez eu tenha dito aquilo mais por causa de Anita.

CRUELLA

— Ah, Cruella. Por favor, não leve para o lado pessoal — ela disse, parecendo sinceramente chateada por mim. Era a mesma expressão que todos faziam ao me ver. Eu odiava aquela expressão.

Eu tinha me preparado para contar tudo a Anita, toda a minha história. Para dizer que ela estava certa sobre minha mãe, certa sobre como eu tratava meus empregados, e como eu estava arrependida por ter ficado brava quando ela decidira correr atrás dos seus próprios sonhos. Mas algo mudou quando me sentei no café. Sinceramente, não sei dizer o quê, mas algo mudou dentro de mim. Foi como uma faísca. Senti uma corrente elétrica percorrendo meu corpo, uma versão muito mais intensa daquela que eu costumava sentir quando colocava meus adereços antigos, uma sensação que havia crescido conforme eu me aproximara de Londres. Veja bem, não estou dizendo que Londres tenha tido um efeito mágico sobre mim. Não acredito nessas coisas. Mas algo aconteceu. Eu havia sentido um indício da transformação no instante em que deixara a Mansão Infernal, e aquela sensação só cresceu cada vez mais no caminho até Londres. Tenho uma teoria, mas vocês provavelmente acharão que é maluquice minha. Deixarei que pensem o que quiserem. Fico feliz com o que quer que tenha acontecido, independentemente de como tenha acontecido.

Enquanto Anita me contava sobre sua vida, sob sua cadeira, Perdita me olhava desconfiada. Ela falou sem parar sobre como ela e Roger tinham se conhecido no parque, uma história que eu já conhecia, mas continuei lá sentada, aguentando sua tagarelice, enquanto ela me dava os detalhes.

— Cruella, você vai adorar Roger. Ele é um compositor tão talentoso — ela disse, sorrindo para mim. — Preciso lhe dizer como nos conhecemos. Você não vai acreditar, mas eu o odiei no início. O cachorro dele, Pongo, estava causando no parque, tentando chamar a atenção de Perdita, e Roger veio correndo atrás dele feito idiota, o que fez a guia de Pongo se enroscar na de Perdita, e nós dois acabamos caindo no lago. Foi hilário.

— Parece bem romântico — falei, não achando nada romântico.

— Foi mesmo. Como uma daquelas nossas histórias, Cruella. Lembra de como a Princesa Tulipa ficava irritada com o Príncipe... Qual era mesmo o nome dele?

— Príncipe Popinjay — falei. — Acho que era esse o nome dele.

— Isso! Lembra que Tulipa não gostava dele no começo, mas depois eles se apaixonaram? Bem, foi assim. Comigo e com Perdita. — Aquilo tudo estava me embrulhando o estômago. Enquanto permanecia lá sentada escutando a história dela, fui ficando cada vez mais distraída com aquela sensação que tomava conta de mim. — Mas estou sendo insensível. Fiquei sabendo o que aconteceu com seu Jack. Sinto muito, Cruella — ela disse. Em vez de calor e conforto, eu só sentia frio. Um vazio.

De algum modo, recuperar minha amizade com Anita não tinha mais importância. No início, eu não entendia direito, como algo que era tão importante para mim de repente tinha evaporado. Antes de deixar a Mansão Infernal, eu tinha muita esperança de fazer as pazes com minha amiga. Eu havia me iludido, achando que seria fácil retomar nossa amizade, nossa irmandade. Não sei o que deu em mim. Era como se eu estivesse sob o mesmo feitiço que tomara conta de mim naquele Natal, muitos anos antes, quando Anita me havia feito acreditar que minha mãe era uma pessoa má e ardilosa. Quando ela me convencera de que meus criados me amavam mais que minha própria mãe. Enquanto eu permanecia lá, ouvindo Anita contar como sua vida era maravilhosa, tive a certeza de que havia perdido o juízo temporariamente quando decidi ligar para ela. Minha aversão por ela aumentava enquanto eu a ouvia tagarelar sobre Roger e Pongo, mal reconhecendo minha perda ou percebendo que ouvi-la falar daquele idiota do Roger me fazia sentir saudade do meu Jack. E quanto mais ela falava, mais eu a detestava, ela *e* sua cachorra estúpida. Nenhuma das duas me amava mais. Perdita nem me reconhecia. Mamãe tinha razão sobre Anita. Ela era uma garota pobre e sem graça, e não era digna da minha amizade.

Eu queria magoá-la como ela havia me magoado. Eu queria fazer algo para mostrar que ninguém devia ter pena de mim. Eu queria fazer algo da vida, algo espetacular, para que minha mãe voltasse a ter orgulho de mim. Eu só conseguia pensar nisso. Eu estava obcecada.

Ficar sentada lá com Anita e Perdita era perda de tempo. Eu tinha que bolar um plano. Algo que fizesse com que eu me destacasse, como minha mãe sempre esperara que eu fizesse. Mas o quê? Como eu conseguiria?

– Cruella, você está bem? Parece um pouco distraída – disse Anita.

— Desculpe, Anita. Acho que só estou um pouco triste porque Perdita não se lembra de mim — falei, agarrando-me ao que parecia ser uma desculpa aceitável.

E então o monstro rosnou para mim.

— Desculpe, Cruella. Geralmente, ela é um amor. Não sei por que está agindo desse jeito. Talvez ela esteja se sentindo vulnerável perto de estranhos por causa de sua condição.

— Hã? — falei. — Que condição?

— Os filhotes, Cruella. Devem nascer em breve, acho.

— Perdita vai ter filhotinhos? — eu disse, atônita. E foi então que eu tive uma ideia. Uma maneira de me vingar. Uma maneira de ferir Anita *e* Perdita, a cachorra idiota dela. Uma maneira de me destacar.

Finalmente eu sabia como deixar minha mãe orgulhosa.

Nada mais importava.

CAPÍTULO XIX

EU CULPO OS CAPANGAS

Eu culpo Horácio e Gaspar. Meu plano teria dado certo se não fosse por eles. Na verdade, acho que a culpa é minha, por ter contratado sujeitos tão burros. Da próxima vez, contratarei indivíduos de aparência furtiva em algum beco. O que eu esperava? Não dá para checar referências quando se contrata capangas, não é? Não dá para ligar para o ex-chefe deles e perguntar se eles são bons criminosos. Mas eles realmente fizeram uma confusão tremenda. Bem, meus fãs sabem o que aconteceu de fato. Mesmo que os jornais contem outra história. Mesmo que me pintem como uma lunática nessas publicações de baixa qualidade.

Sim, houve um acidente de trânsito.

Sim, os filhotes escaparam.

Mas eu tenho outro plano. Um plano *melhor.* Um plano que desta vez dará certo. E o colocarei em prática sem aqueles capangas idiotas. E serei bem-sucedida! É uma ideia simplesmente brilhante, e os Radcliffe... bem, eles estão fazendo exatamente o que eu quero, não? Reunindo todos aqueles cães em um só lugar.

Mas estou me adiantando. Sei o que vocês querem saber. Bem, vou lhes contar a minha versão da história.

Minha raiva crescia enquanto eu voltava para casa depois de ter tomado café com Anita. E enquanto ela crescia, eu começava a enxergar as coisas com mais clareza. Não vou ficar lamentando meus pensamentos confusos de antes. Não vou me questionar. Nada disso importa. Meu único arrependimento era ter duvidado de minha mãe. Ela é a mulher mais magnífica que conheci. Segura de si, linda, rica e sempre coberta de peles. Tinha demonstrado seu amor por mim me dando casacos de pele desde que eu me conheço por gente. E sempre com a mesma mensagem. *Destaque-se.* Bem, decidi que faria isso e me redimiria aos seus olhos, por todas as vezes em que havia me afastado e duvidado dela. Eu finalmente poderia demonstrar meu amor por ela, como ela havia demonstrado por mim. Eu mostraria a ela que eu era uma mulher forte e talentosa, exatamente como ela, capaz de sobreviver às maiores tristezas e infortúnios. E se eu conseguisse acabar com meus inimigos no caminho... bem, seria maravilhoso.

E eu conseguiria! O fato de aqueles imbecis terem estragado tudo da primeira vez não significava nada! Eu nunca devia ter confiado a eles a tarefa, para início de conversa. Não acredito que eu tenha dado àqueles idiotas todo o resto do meu dinheiro para que comprassem todos os filhotes de dálmata das lojas, e que eles acabaram perdendo os cãezinhos, Perdita, Pongo e seus próprios filhotes! Perdita era minha por direito, assim como seus monstrinhos malhados!

Mas tudo bem. Vou esperar. Até a hora certa de agir. Fui precipitada. Agora vejo isso. E eu devia ter ficado de olho naqueles idiotas. Jamais deveria ter deixado aqueles dois sozinhos com os filhotes na mansão Infernal. Mas não consegui esperar. Eu precisava contar a mamãe o que pretendia fazer. Tinha que contar a ela que finalmente realizaria seu grande sonho. Eu errei. Nunca deveria ter deixado aqueles imbecis sozinhos na Mansão Infernal e nunca deveria ter ido até mamãe de mãos vazias. Eu não deveria ter contado a ela meu plano antes de tê-lo concluído. Agora entendo. Aprendi a lição.

Quer dizer, queridos, já sabem o que aconteceu porque leram a notícia em todos os jornais, não? Seria chato, para mim, falar sobre isso. Mas suponhamos que vocês não tenham lido aqueles jornais de quinta categoria, ou que, por algum motivo, nunca tenham lido um jornal na vida, ou não tenham visto minha cara nos noticiários. Suponhamos que vocês não tenham visto aquelas entrevistas chorosas em que Anita e o idiota do Roger diziam como eu havia me infiltrado em suas vidas e roubado seus cãezinhos. Sei que viram, mas, apenas a título de argumentação, vou lhes contar o que aconteceu.

Liguei para Anita pouco depois daquele nosso encontro no café e lhe contei tudo que eu tinha planejado lhe confessar naquele dia. Disse que ela tinha razão. Que eu detestava minha mãe. Que ela tinha tomado tudo de mim. Não que eu realmente pensasse assim, só para deixar claro. Mas eu precisava fazer com que Anita acreditasse na versão. Precisava que sua alma doce e pura tivesse pena de mim. Eu queria os filhotes. E quem melhor que uma triste viúva abandonada para cuidar deles? Como eu previra, Anita concordou em dá-los a mim. Ela sempre fora uma tola ingênua.

Mas cometi um erro terrível.

Fui até sua casa para dar um oi e ver como estava Perdita. Eu *jamais* deveria ter tentado fingir que Anita e eu ainda éramos amigas. O que eu havia conseguido disfarçar facilmente por telefone era impossível esconder pessoalmente. Meu desprezo por ela, Roger e aqueles cães estúpidos ficou evidente assim que olhei para a cara sem graça de todos. Eu não suportava ficar no casebre deles – e Roger sabia disso.

Na hora, achei que fingiria bem. Agindo feito a pobre infeliz e solitária que precisava suscitar sua pena para que me dessem os filhotes. Pensava que interpretaria esse papel de modo magnífico. Eu estava parada na soleira, pronta para fazer minha grande entrada, quando ouvi vozes dentro da casa.

Aquele idiota do Roger estava cantando! Ah, aquilo foi demais, *demais* para mim. Então prestei atenção na letra da música. Era sobre mim!

Cruella Cruel? Cruella Cruel, dá para acreditar?

Fiquei furiosa. Eles iam ver só uma coisa. Seria a maior performance da minha vida!

E então aconteceu. Toquei a campainha, e quem abriu a porta foi a sra. Baddeley! Fiquei momentaneamente confusa ao ver aquela mulher atarracada parada na porta de entrada da casa de Anita. Aquela era a criada da qual ela havia falado em suas cartas? A quem chamavam de Nana? Para que se referir a alguém como se fosse uma babá se eles nem tinham filhos?! Anita ainda devia vê-la como uma espécie de figura maternal, vai saber... Mas quem se importa? Eu não. Fingi não reconhecer a idiota, empurrando-a para o lado e voltando meus olhos para Anita. Foi a melhor entrada, a mais triunfal, que já fiz.

Entrei decidida na casa de Anita e Roger. Eu estava deslumbrante avançando pela casa. Vestido preto, joias de jade, casaco de pele branco com forro vermelho e sapatos vermelhos!

— Anita, querida! — falei, abrindo os braços. Eu realmente estava demais. Fabulosa demais para aquele casebre.

— Como você está? — perguntou a mulherzinha em sua casinha, sua voz baixa e tímida feito uma ratinha. Rá! Rimei! E melhor do que Roger em seus jingles bobos. É claro que eu tinha ouvido a música sem graça de Roger sobre mim enquanto estava parada na entrada, bem como a conversa deles. Anita havia contado a Roger como eu a protegera na escola. Como eu a defendera. Ele me chamara de *querida e devotada colega de escola*, e eu tinha sido mesmo. E agora a visitava, em nome daquela amizade. Era hora de ela retribuir tudo que eu havia feito por ela, todos os problemas que eu havia arranjado por defendê-la. Hora de me recompensar por todas aquelas noites em que ela ficara na minha casa, comera minha comida e fizera amizade

CRUELLA

com meus empregados. Hora de me recompensar por eles a terem amado mais que a mim.

E então me lembrei. Eu deveria bancar a coitadinha, não ser absolutamente magnífica. Achei melhor baixar a bola. Eu tinha que lembrar que era uma viúva sofredora e abandonada, afinal. Eu era solitária e triste e precisava de cãezinhos para alegrar minha vida chata e vazia.

— Infeliz, querida, como sempre. Totalmente arrasada — falei. Eu tinha que manter as aparências, não é? Perdita estava em algum lugar longe das vistas, e o bobalhão do Pongo não saía dos meus pés enquanto eu inspecionava o casebre em que moravam, tentando encontrar a maldita fera.

— Onde eles estão? Onde eles estão? Pelo amor de Deus, onde eles estão? — Onde estava Perdita? Eu não conseguia encontrá-la, e não estava vendo nenhum filhotinho em parte alguma. Tinham me prometido filhotes! Como eu ia me destacar sem os malditos cachorrinhos? Ah, aquilo era um problema.

— Quem, Cruella? Eu não... — Anita começou a dizer.

Quem? Quem? De quem acha que estou falando?, pensei. Minha nossa, Anita tinha se transformado em uma idiota. Não era de se admirar, com toda aquela algazarra no sótão. Aquele imbecil detestável tocador de corneta estava fazendo um escarcéu lá em cima. Eu não podia imaginar como Anita aguentava viver com um sujeito tão horrível!

— Os filhotes! Os filhotes! — falei. — Não tenho tempo para brincadeiras. Onde estão os monstrinhos? — Quase me entreguei com o deslize. *Cruella, controle-se. Anita precisa pensar que você deseja amar e proteger as feras.*

– Ah! Ainda vai demorar umas três semanas. Não dá para apressar essas coisas, não é? – ela disse, sem pestanejar. Talvez ela não tivesse percebido que eu os havia chamado de monstrinhos. Roger estava tocando tão alto que eu mal conseguia ouvir meus próprios pensamentos.

– Anita, você é tão esperta – falei, decidindo que eu tinha que agradar a ela e ao maldito Pongo. – Vem aqui, cachorro. Vem, cachorro. – Mas a fera só rosnou para mim.

– Cruella, esse casaco de pele é novo? – perguntou Anita. Acho que era novo para ela. Era aquele que minha mãe havia me dado no meu aniversário de vinte e cinco anos. Mas eu não ia lhe dizer isso. Para todos os efeitos, Anita achava que eu odiava minha mãe.

– Meu único amor verdadeiro, querida. Peles são tudo para mim. *Amo* peles. Afinal, existe alguma mulher neste mundo desgraçado que não ame? – E era verdade. Meu plano se tornava cada vez mais real enquanto eu ouvia minhas próprias palavras. Não havia uma mulher que não amasse peles, e minha mãe obviamente não era exceção. Ela amava peles mais do que eu. *Minha nossa*, pensei. *Aquele sujeito horrível precisa tocar corneta tão alto?* Aquilo estava realmente me irritando.

– Ah, eu gostaria de ter um casaco de pele bonito, mas tem tantas outras coisas… – Anita se pôs a comentar, mas eu a interrompi.

– Doce e pura Anita. Eu sei, eu sei! Esta casinha horrenda é o seu castelo dos sonhos – falei. – E o pobre Roger é o seu destemido e intrépido Sir Galahad![3] – falei, rindo.

---

3 Um dos Cavaleiros da Távola Redonda do Rei Arthur. (N.T.)

— Ah, Cruella — Anita disse baixinho. Eu conhecia aquele tom. Era o que ela usava quando eu passava dos limites. Ela o que aquela palerma condescendente usara durante toda a nossa infância. Mas eu estava me esquecendo do meu propósito ali. *Não seja estúpida, Cruella. Não estrague tudo. Mude de assunto. Diga algo gentil.*

— Mas você tem seus amigos malhados — falei, fascinada por uma foto de Pongo e Perdita. — Ah, sim. E, devo dizer, que eles têm uma pele absolutamente maravilhosa. — Eu precisava ir embora antes que Anita percebesse o que eu estava tramando. Estava claro que Pongo não confiava em mim, e, tenho que admitir, eu estava achando difícil interpretar aquele papel. Foi como naquele dia em que eu havia gritado com Jackson e com minha mãe, depois da morte de Jack. Eu sabia que estava me comportando mal, dizendo coisas que não pretendia dizer, mas não conseguia evitar. Estava acontecendo de novo naquele lugar com Anita. A minha intenção tinha sido dizer algo gentil a ela, dizer algo positivo sobre o idiota do Roger, mas, quando eu abria a boca, a verdade saía. Eu não fazia ideia do que estava acontecendo comigo. Eu estava ficando furiosa.

— Aceita um chá, Cruella? — Anita perguntou. Mas eu precisava ir embora. Se eu continuasse mais um minuto naquela casa, ela entenderia tudo.

— Não, tenho que ir, querida. Avise quando os filhotes nascerem, sim?

— Tudo bem, Cruella — Anita disse, feito a garota boazinha que era. Ela jamais diria não para mim.

– Não se esqueça, é uma promessa – falei, e saí o mais rápido que pude. – Vejo você daqui a três semanas. Adeusinho, querida!

O plano tinha começado bem, não acham? Mesmo com os meus deslizes, a idiota da Anita estava comendo na palma da minha mão. E eu tinha visto onde ela morava. Era pior do que eu havia imaginado. De jeito nenhum ela poderia sustentar dois cães adultos mais os filhotes, e ela jamais quebraria uma promessa. Ela não era desse tipo. Além do mais, Perdita era minha. O mínimo que Anita podia fazer era me dar seus filhotes. Tudo estava saindo exatamente como o planejado.

CAPÍTULO XX

UMA NOITE INSANA E TEMPESTUOSA

Umas três semanas depois, Anita ligou à noite para a Mansão Infernal para me contar que os filhotes estavam prestes a nascer. Ela parecia arrependida de haver dito que eu poderia ficar com eles. Como se estivesse tentando descobrir como se livrar da promessa. Bem, eu não deixaria isso acontecer. Fui direto para lá. Ainda que eu não pudesse pegar os filhotes naquela noite, e tivesse que esperar até que pudessem ser separados da mãe, eu queria vê-los. Eles eram meus! Meus!

A sra. Baddeley me recebeu e me conduziu à sala de estar antes de voltar correndo para a cozinha para se juntar outra vez a Roger e Anita. Acho que ela tinha medo de ficar sozinha comigo! Eu andava de um lado para o outro da sala, esperando que meus filhotes nascessem, enquanto todos se agitavam e arrulhavam em volta de Perdita e Pongo. E então veio a notícia. Da sala de estar, conseguia ouvir a sra. Baddeley balindo.

– Os filhotes! Os filhotes nasceram! – ela berrou. E então ouvi a voz de Roger.

— Quantos?

Oito? Eu a tinha ouvido dizer que eram oito filhotes? Minha nossa. O que eu poderia fazer com oito filhotes. As coisas estavam saindo melhor que o esperado. *Oito filhotes.* E então a mulher baliu outra vez.

— Dez! – *Dez filhotes*. Eu não podia acreditar. Eu continuava andando de um lado para o outro da sala, mas ainda podia escutar tudo que se passava na cozinha.

— Onze! – berrou a sra. Baddeley, e o número de filhotes continuava aumentando. Já era bem melhor do que eu havia esperado. Era um milagre! Esperei pelo que pareceu ser uma eternidade até alguém sair da cozinha. Eles cochichavam alguma coisa. Falavam baixinho; eu não conseguia ouvir o que diziam. E então ouvi. *Quinze filhotes*. Eu não conseguia mais esperar. Precisava vê-los.

— Quinze filhotes! Quinze filhotes! Que maravilhosos, que incríveis, que perfeitos… Ugh. – Espera aí. Tinha alguma coisa errada. Eles não tinham malhas! Qualquer um podia fazer um casaco de pele branco. *Eu* mesma tinha um, pelo amor de Deus. Eu queria um casaco malhado! Tinha que ser malhado; tinha que ser especial! Eu tinha sido roubada! Eu tinha sido enganada! O que aquela Perdita andara fazendo? Filhotes brancos, essa era boa. – Ah, que o diabo carregue esses vira-latas sem malhas! Sem nenhuma malha. Uns ratinhos brancos horrendos! – falei, olhando para a criatura feia nos braços da sra. Baddeley.

— Não são vira-latas! – berrou a sra. Baddeley. – Terão malhas. Espere e verá!

— É verdade, Cruella. Eles terão malhas daqui a algumas semanas – disse Anita, saindo do lavabo.

— Ah, neste caso, ficarei com todos eles. Com a ninhada toda. É só dizer o seu preço, querida – falei. Sei que ela achava que eu fosse ficar apenas com alguns. Mas ela havia me prometido a ninhada toda antes de saber quantos filhotes Perdita teria. Bem, eu pretendia ficar com todos eles.

Anita parecia desconfortável.

— Acho que não podemos dá-los. A pobre Perdita ficaria arrasada.

Ela tinha mudado de ideia. Ela havia quebrado sua promessa! Eu estava furiosa, mas tentei fingir que estava tudo bem.

— Anita, não seja ridícula. Vocês não têm como sustentá-los. Mal podem sustentar a si mesmos – falei. Mas Anita não recuou.

— Sei que daremos um jeito – ela disse. Já havia tomado sua decisão.

— Ah, sei. Eu sei. As… as *músicas* de Roger! – Eu não conseguia parar de rir. – Ah, claro. Agora, falando sério, já chega dessa bobagem. Pagarei o dobro do que valem. Vamos, estou sendo bastante generosa. – Peguei meu talão de cheques, embora eu não tivesse um tostão. – Porcaria de caneta! Porcaria de caneta inútil, ah! – Foi realmente engraçado, agora que relembro a cena. Manchei Roger inteiro de tinta. – Quando posso buscar os filhotes? Daqui a duas semanas? Três semanas? – perguntei. Eu mal podia esperar.

— Nunca. – Foi Roger quem disse. Ele tinha decidido falar. Aquele idiota gago falou que não me daria nem um único filhote! Tive que perguntar a Anita se ele estava falando sério. Quer dizer, sinceramente, como levar um sujeito daqueles a sério? Ele era uma piada. Motivo de riso. Imaginem só, um homem como ele querendo confrontar alguém como *eu*. E Anita? Bem, se ela queria ser capacho de um idiota, então azar o dela. Eu não queria mais nada com ela. Eu não queria mais nada *com nenhum deles*.

— Eu me vingarei. Vocês não perdem por esperar. Vão se arrepender, seus idiotas! Seus *imbecis*!

CAPÍTULO XXI

CENTO E UM DÁLMATAS

Meus capangas, Horácio e Gaspar, contaram-me tudo. Como tinham trancado a idiota da sra. Baddeley no sótão e roubado os filhotes. Ela sempre fora uma velha tola, e agora era uma tola ainda mais velha. Eles a haviam enganado, não que isso fosse muito difícil de conseguir. Eles tinham esperado Anita e Roger saírem para passear com Perdita e Pongo e simplesmente tocaram a campainha e inventaram uma desculpa, fingindo que iam fazer um reparo elétrico ou no sistema de gás ou algo assim. Simples. Ah, e que confusão aquilo causou. Daria para achar que haviam raptado a Rainha, do jeito que todos reagiram. A notícia saiu em todos os jornais! E foi realmente divertido ver as fotos de Anita e Roger nesses veículos. Ler o relato deselegante da velha. Eu ria ao ler todas as manchetes. Não pude evitar. Quer dizer, tanto estardalhaço por causa de um bando de filhotes? Eu estava hospedada em um hotel em Londres, cortesia de minha mãe. Ela estava na cidade, hospedada no mesmo hotel, e nos encontraríamos para jantar. Eu tinha que contar meus planos a ela. Mal podia esperar para ver a cara dela quando eu lhe dissesse o que estava tramando. O que eu tinha em mente. Meu plano genial. Ah, era tão divino! Ela ficaria orgulhosa de mim.

Eu tinha tudo planejado. Os capangas idiotas estavam na Mansão Infernal com os cãezinhos enquanto eu permanecia em segurança bem longe de lá, em meu quarto de hotel. Não havia como me conectar aos filhotes nem aos imbecis do Horácio e do Gaspar se a Scotland Yard começasse a investigar o caso. Ainda bem que mamãe estava na cidade.

Mas os jornais. Ah, os jornais. Eles eram o máximo! Eu os lia na cama, divertindo-me com a infelicidade de todos enquanto esperava chegar a hora de ajeitar os cabelos. Eu tinha uma noite maravilhosa programada com minha mãe, e desejava estar deslumbrante.

— Sequestro de cães! *Tsc, tsc.* Dá para imaginar uma coisa dessas? Quinze filhotes roubados. Eles são umas coisinhas tão adoráveis. — Eu tinha ataques de riso. — Anita e seu modesto Beethoven. Com sua corneta e tudo! Ah, Roger, como você é idiota! — Sinceramente, não me lembrava de já ter me sentido tão bem assim alguma vez na vida. Era tudo tão maravilhoso. Era a noite mais agradável que eu tinha em séculos, desde quando Jack ainda estava vivo. Era tudo tão incrível. Meus filhotes estavam escondidos na Mansão Infernal, achei que tudo acabaria sem problemas! Era minha vingança contra Anita e seu marido imbecil. Dizendo não para mim! Criando malditas músicas sobre mim. Sobre mim! Sobre mim, Cruella De Vil!

Eu havia ensinado uma lição a eles. Talvez enviasse a Anita um casaquinho, um presente de agradecimento. Afinal, ela dissera que gostaria de ter um casaco. Mas obviamente aquele seu músico pobretão não lhe podia comprar um. Por que não dar a ela um presentinho? Ah, ela perdera a chance de ter uma vida maravilhosa, viajando pelo mundo ao meu lado!

Mas não devia me prender ao passado. Achei que tudo estivesse saindo perfeitamente bem, e eu mal podia esperar para contar a mamãe o que eu estava tramando. Ela ficaria tão orgulhosa de mim! Sua filha, a primeira pessoa no mundo a fazer casacos de pele de cãezinhos malhados. E ela adoraria! Muitos anos atrás ela dissera que queria um cachecol, e agora teria algo muito mais magnífico. Tudo estava saindo perfeitamente bem.

É claro que não me importei com a Scotland Yard me investigando, ligando-me para fazer perguntas. Logo eu! Sei que fora Roger quem os mandara atrás de mim. Havia cartazes espalhados pela cidade toda, e fotos daqueles cãezinhos e daqueles idiotas estavam em todos os jornais. Mas bastou juntar isso com o interesse da Scotland Yard pelo caso e pronto, os imbecis do Horácio e do Gaspar ficaram nervosos.

Eles ligaram para o hotel, mesmo eu os tendo proibido de fazê-lo. Achei que fosse mamãe me ligando para confirmar nosso jantar mais tarde, mas era Gaspar.

— Alô? Gaspar, Gaspar seu idiota! Como se atreve a ligar para cá? — Eu não podia acreditar que ele havia ligado para o hotel. Aquele demônio simplório não era capaz de seguir a mais simples das instruções.

— Não queremos saber de mais nada disso. Queremos nossa grana! — Já era demais. Demais. Ter que segurar nas mãozinhas deles enquanto tentava me preparar para jantar em um restaurante com minha mãe? Por que eu estava pagando aqueles idiotas, gastando o pouco dinheiro que eu tinha?

— Não ganharão um centavo até terminarem o trabalho. Entendeu? — falei. De jeito nenhum eu os pagaria por fazer o serviço pela metade! Mas eles não cediam.

— Está nos malditos jornais, com foto e tudo mais!

— Que se danem os jornais! Amanhã as pessoas já terão esquecido — falei. E era verdade. Quem se importava com um bando de filhotes de cachorro? No dia seguinte, o mundo encontraria outra coisa com que se preocupar.

— Ah, cale a boca, idiota! — ele disse. Eu não podia acreditar!

— O quê?

— Ah, não! Não você, senhorita. Estou falando com Horácio.

— Ora, seu imbecil! — E desliguei o telefone. Aquilo era demais. Demais. Decidi ligar para Anita para ver se eu descobria algo relacionado às preocupações de Gaspar.

Aqueles capangas idiotas estavam me irritando. E aquilo era a última coisa que eu precisava antes do meu encontro com mamãe. A última. Finalmente, atenderam ao telefone. Foi o gago ridículo do Roger.

— Alô, alô, inspetor? — ele gaguejou. Ah, então eles vinham falando com o inspetor!

— Anita está? — perguntei.

— Quem? — ele perguntou. Minha nossa, que imbecil!

— Anita!

— Ah, é para você — ele disse com frieza, passando o telefone para Anita. A voz gentil dela era uma mudança agradável em comparação com o tom acusatório de Roger.

— Alô?

— Anita, querida!

— Ah, Cruella. — Ela não parecia feliz em ouvir minha voz.

— Ah, Anita, que coisa terrível. Acabei de ver nos jornais. Não posso acreditar.

— Pois é, Cruella. Foi um choque. Roger, por favor! — Aquele idiota devia estar tagarelando no ouvido dela enquanto conversávamos. Eu não conseguia escutar o que ele dizia, mas podia adivinhar que não era nada bom. — Sim, sim, estamos fazendo tudo o que é possível — ela disse.

— Ligaram para a polícia?

— Ligamos para a Scotland Yard. Mas receio...

E então aquele homem horrendo tomou o telefone de Anita.

— Onde eles estão? — ele perguntou. E então Anita voltou ao telefone.

— Idiota! — ela exclamou.

— Anita!

— Desculpe, Cruella. — Ah, ela estava falando com Roger. Aquilo me fez sorrir. Pedi que me mantivessem informada sobre o seu pequeno drama. — Claro. Nós a informaremos se houver alguma novidade. Obrigada, Cruella.

Rá! Obviamente, ela também achava que Roger era um idiota. Fiquei feliz em saber que ela estava do meu lado.

Estava tudo bem. Não havia pistas. A Scotland Yard não voltaria a me incomodar. Horácio e Gaspar não tinham com que se preocupar. *Eu* não tinha com o que me preocupar. Com exceção de uma coisa: o que eu faria com quinze filhotes? Não daria nem para fazer o cachecol que mamãe queria tanto. Eu precisava de mais. *Muito* mais. E a pior coisa que poderia acontecer era ser vista comprando todos os cachorrinhos que restavam em Londres.

Não, eu precisava daqueles palermas por mais um tempo. E eu precisava de mais filhotes.

Mesmo sendo idiotas, Gaspar e Horácio conseguiram comprar todos os filhotes de dálmata que encontraram. Gastaram todo o dinheiro que eu tinha. Não restou um único cachorrinho em Londres. Todos eles eram meus! Eles me ligaram outra vez, de um telefone público, enquanto eu me dirigia ao restaurante do hotel para encontrar minha mãe. Fiquei felicíssima. Cento e um dálmatas! Eu poderia fazer o casaco de pele mais maravilhoso do mundo para a minha mãe. Seria como o dia em que eu lhe dera o dinheiro de papai. Imaginei o sorriso dela quando visse o presente. Eu a imaginei dizendo que me amava de novo. Pensando bem, com tantos filhotes assim, eu conseguiria fazer um casaco para mim também. Talvez um dia eu fosse uma magnata das peles. Eu comandaria o mundo da moda! Mamãe ama moda. Ama mais que tudo. Ela ficaria tão orgulhosa de mim. Eu também estava orgulhosa de mim. O que havia começado como um desejo de fazer alguma coisa que minha mãe adorasse tinha se transformado em algo maior. Muito maior. Algo magnífico. Eu mal podia esperar para contar a novidade a ela.

Ela ficaria tão orgulhosa em saber que eu finalmente havia encontrado uma maneira de me destacar.

⚜ ⚜ ⚜ ⚜

Meu jantar com mamãe foi um desastre. Tudo deu terrivelmente errado. Foi minha culpa, na verdade. Eu deveria ter esperado até ter o casaco dela pronto. Quem sabe assim ela tivesse entendido. Mas, do jeito como as coisas aconteceram, deu tudo muito, muito errado.

Nós nos encontramos para jantar no Criterion, o restaurante favorito dela. Era um lugar de outros tempos: extravagante, lindo, e tudo mais que minha mãe representava para mim, com seus salões dourados e lustres magníficos. Era tão incrível ir a um lugar daqueles outra vez. Estar cercada de beleza e opulência, não da imundície e da decadência da Mansão Infernal. Minha mãe estava linda com seu vestido de contas douradas e coberta de diamantes, que davam voltas no pescoço e nos pulsos, bem como em vários de seus dedos. Havia diamantes até nos grampos de seu penteado elaborado. Ela brilhava. Eu usava meu traje preferido: meu vestido preto estilo camisola, minhas joias de jade e, obviamente, meu casaco de pele. Ela já estava sentada quando cheguei. Todos os olhos se voltaram para mim enquanto o maître me conduzia até a mesa de mamãe. Ela pareceu chocada ao me ver, como a maioria das pessoas no salão. Sei que eu estava deslumbrante naquela noite, mas será que uma mulher não pode encontrar sua mãe para jantar sem que as pessoas a olhem com cobiça? Quer dizer, francamente! Sei que eu era uma espécie de celebridade durante meu casamento com Jack, mas aquilo já era demais.

Enfim, me sentei com mamãe.

— Cruella! Você está bem? — ela perguntou.

— Estou, mamãe. Você está linda hoje.

— Obrigada, querida. Você parece, bem… *interessante,* para dizer o mínimo.

— Espero que sim! Tenho uma ótima notícia para lhe dar. Mas vamos pedir primeiro e então lhe conto a novidade — falei.

— Cruella, querida. Não sei se é uma boa ideia você sair por aí — ela disse, olhando à sua volta enquanto os outros clientes encaravam e cochichavam.

— Ah, estou acostumada com as pessoas olhando para mim, mamãe. Elas me encaram em toda parte. Jack e eu saíamos em todos os jornais no passado.

— Cruella, você está tão magra e tão pálida, querida. Parece que não dorme há semanas. E seu cabelo está com um aspecto tão… *selvagem.* Você não parece nem um pouco bem. Acho melhor irmos embora.

— Não, mamãe! Tenho que lhe contar minha novidade — falei. — Não podemos ir ainda.

— E qual é a sua novidade, querida? — ela perguntou, seu olhar oscilando entre mim e os outros clientes que ainda nos encaravam. Bem, eu já estava cheia daquilo. Eu não deixaria aqueles perseguidores de celebridades estragarem minha noite. Eles estavam deixando minha mãe desconfortável. E eu não aguentaria mais aquilo. Eu me levantei, erguendo minhas mãos e minha voz, para que todos prestassem atenção.

— Será que dá para vocês pararem de olhar para mim e se concentrarem em seus próprios pratos e conversas, por favor? — falei, enquanto mamãe protestava.

— Cruella, sente-se! Você está fazendo um escândalo.

— Não, mamãe, *eles* estão fazendo um escândalo! — disse. — Eles estão estragando nossa noite especial! Pelo amor de Deus, estamos em Londres! Não é como se nunca tivessem visto uma socialite! Deveriam se comportar e tentar demonstrar o mínimo de educação. — Minha mãe estava morta de vergonha.

— Cruella, pare com isso agora — ela disse, erguendo a voz e agarrando meu braço com força, obrigando-me a sentar. — Cruella, pare com isso! O que esperava ao aparecer aqui desse jeito? Você está horrível. Quer dizer, francamente, Cruella. Ainda usa esse vestido! Isso é mórbido! E, veja, está folgado em você. Você está assustadora, parece um esqueleto maltrapilho. *É por isso* que todos estão olhando para você. Agora, por favor, vamos embora.

— Mas mamãe, quero lhe contar meu plano. Você ficará tão orgulhosa de mim. Tenho o plano mais *magnífico* de todos. Lembra da Perdita, aquela cadela horrorosa que papai me deu?

Então, mamãe, ela teve filhotes! Filhotes! Não é o máximo? Daí eu me lembrei da sua sugestão sobre usar o pelo dela para fazer um cachecol, então... bem, mamãe, farei exatamente isso! Farei um casaco de pele fabuloso para você! Ah, você vai adorá--lo, mamãe! Sei que vai! E ficará tão orgulhosa!

A voz da minha mãe murchou.

— Cruella, querida. Pare com isso agora. Não quero ouvir nem mais uma palavra.

— Mas mamãe! — falei, levantando-me. — Eu sei, eu sei! Estraguei a surpresa! Deveria ter esperado até o casaco estar pronto. Mas juro que você vai gostar dele. E sei que ficará tão orgulhosa de mim! — Devo ter erguido a voz mais do que pretendia, porque todos no salão olharam para mim fascinados. Até a equipe do restaurante se agitou para ouvir minha declaração. Então algo mudou em minha mãe. Ela pareceu se dar conta de como minha ideia era maravilhosa. Ela falou comigo com sua voz mais calma e gentil.

— Ah, Cruella, querida. Que ideia impressionante! Estou muito orgulhosa de você, mas precisamos ir embora. Você é famosa demais para sair assim em público. Estamos causando confusão, e não quero que esses infelizes roubem sua ideia antes que você consiga executá-la. — Ela olhou ao redor nervosa. Então um homem alto chegou com nossos casacos e nos conduziu para fora do restaurante, acompanhando-nos até a rua.

— Seu carro chegará em instantes, Lady De Vil — ele disse.

— Por favor, chame um táxi para a minha filha — ela pediu.

— Mas, mamãe, achei que fôssemos voltar juntas para o hotel. Além do mais, vim de carro. Posso segui-la até lá.

– Não, querida. Acho melhor você não voltar dirigindo. Por favor, deixe que eu chame um táxi para você, e depois arranjarei que alguém leve seu carro até a Mansão Infernal, digo, Mansão De Vil amanhã cedo.

– O que disse, mamãe?

– Nada, querida – ela respondeu. Mas eu sabia que ela devia ter ouvido rumores sobre minha casa, sobre o apelido que lhe deram. – Faça o que estou dizendo, e vá direto para casa e para a cama. Pagarei seu táxi. E, Cruella, fique em casa e descanse, está bem, querida? Não saia. Fique quietinha lá. Mandarei alguém lá daqui a um ou dois dias para ver como você está.

– Mamãe, estou bem. Não se preocupe, por favor.

– Cruella, faça o que estou mandando! Agora tenho que ir. Não me desobedeça – ela disse, mandando um beijinho de longe e entrando em seu carro.

⚜ ⚜ ⚜ ⚜

Acho que ela confundiu minha empolgação com outra coisa. Com algo totalmente diferente. Eu não tinha certeza se ela havia entendido meus planos. Ela ficou tão preocupada por eu estar sendo perseguida por fãs que não sei se me ouviu direito. Bem, eu me redimiria com ela. Eu lhe faria um casaco antes que ela partisse de Londres. Então ela veria só. Mas eu estava ficando sem tempo.

Ela não ficaria muito tempo em Londres, então eu precisava agir rápido. Assim que ela se foi, insisti em pegar meu carro, voltei para a Mansão Infernal e disse a Horácio e Gaspar que a polícia estava atrás de nós. Era mentira, claro. Eu disse a eles que a polícia estava por todo lado e que precisávamos matar os cãezinhos imediatamente. Era a única maneira de forçá-los a fazer o serviço depressa. Ingênuos como eram, não sabiam como matar um bando de filhotes. Eu não me importava como fariam. Eu só queria o serviço feito. Eu precisava daqueles filhotes. Ainda preciso deles.

— Envenenem, afoguem, deem uma paulada na cabeça! Não me importa como vocês matarão os monstrinhos. Eu só quero o serviço feito. A polícia está por toda parte — acrescentei um pouco de drama. Eu precisava fazer aqueles idiotas se mexerem.

Eles estavam grudados na televisão. Hipnotizados por um programa chamado *O que foi que ele fez?* Um programa de TV! *Um programa de TV!* Malditos imbecis. Eu tinha que enfiar juízo na cabeça deles. Eu precisava dos filhotes mortos. Precisava deles esfolados. Precisava fazer o casaco da minha mãe. Ah, sim. Ela me amaria de novo. Amaria, sim. Eu tinha certeza disso.

— Ouçam, idiotas. Voltarei logo cedo amanhã. Quero o serviço feito ou chamarei a polícia! Entenderam? — Eu tive que pressioná-los. É claro que não chamaria a polícia. Por que eu faria isso? Mas aqueles dois não eram os sujeitos mais inteligentes do mundo. Felizmente acreditaram em mim.

Obviamente, o serviço nunca foi executado. Só serviu para mostrar que, se quer alguma coisa bem-feita, faça você mesmo.

Deu tudo terrivelmente errado, não é? Vocês conhecem a história. Viram minha foto nos jornais. E sei que viram Horácio e Gaspar tagarelando sobre o fiasco quando apareceram em seu programa preferido, *O que foi que ele fez?* Aqueles palermas falaram sem parar, descrevendo os eventos em detalhes vívidos. Como perseguimos os filhotes por aquela estrada sinuosa e traiçoeira; como agarrei o volante com os olhos brilhantes de loucura quando eles me jogaram para fora da estrada; e, por fim, como bati o carro, deixando escapar aqueles malditos cachorros! A minha representação em meu carro arruinado naquele detestável programa de TV foi risível. Eles me mostraram como uma espécie de maluca com olhar insano e furioso. Uma desequilibrada, uma doida que gritava sem parar. Bem, aquela não é a verdadeira história, bobinhos.

Aquele programa e aqueles idiotas zombaram de mim. Deve ter dado audiência, mas não mostrou como eu *realmente* me senti. Não foi a loucura que tomou conta de mim. Não foi nem minha fúria. Foi a tristeza, a decepção e a sensação de perda. Eu estava arrasada. Quando meu carro se inclinou na direção do barranco, senti minha vida desmoronar ao meu redor. Tudo estava em ruínas. Eu estava desesperada. Eu achei que tivesse perdido minha última chance de fazer minha mãe me amar de novo. De fazê-la ter orgulho de mim.

Mas nada temam, adoráveis leitores. Enquanto permaneço aqui sentada na Mansão Infernal, meu plano de vingança brilha feito uma estrela na escuridão. Ele se tornou meu único consolo. Minha grande fonte de esperança, felicidade e reconciliação com mamãe.

E os Radcliffe não me venceram. Não. Tenho outro plano. Um plano melhor, e ele envolve todos aqueles cachorros que

CRUELLA

Anita e Roger acumulam naquela propriedade que compraram com o dinheiro ganho com aquela música medonha sobre mim. Ah, sei que vocês já a escutaram. "Cruella Cruel", essa é boa! Eles acham que podem me fazer de idiota? Bem, vou mostrar a eles que posso ser "mais traiçoeira que uma cascavel"! E eles vão ver só como posso ser "cruel"! Eu me vingarei. Guardem minhas palavras, queridos. Eu sou Cruella De Vil!

Mas desta vez… desta vez será diferente. Tenho que ser paciente. Tenho que esperar. Não, não posso apressar as coisas. Tenho que esperar o momento certo. Anita e Roger têm noventa e nove filhotes morando naquela fazendinha idiota, além de Perdita e Pongo, é claro. E *eu* terei aqueles cães! Imaginem só quanta pele eu terei se esperar aqueles filhotes crescerem. Imaginem todos os casacos que farei, e como minha mãe ficará feliz quando eu lhe der *todos eles.* Ela me amará outra vez. Tenho certeza disso.

EPÍLOGO

Queridos leitores,

Achei que vocês gostariam de saber que Anita e Roger estão bem, assim como a sra. Baddeley, Perdita, Pongo e sua turma de noventa e nove filhotes de dálmata. E que ficariam felizes em descobrir que todos vivem felizes com o dinheiro dos *royalties* do sucesso de Roger, a canção "Cruella Cruel". Se isso não é uma ironia, não sei o que poderia ser.

Foi uma experiência perturbadora escrever as memórias de Cruella. Passei meses trancada com ela na Mansão Infernal, anotando sua história. Não mudei nada. Tudo que escrevi aqui foi exatamente o que ela me contou, palavra por palavra, noite após noite. Ouvi seus berros, delírios e lamúrias em seus infinitos ataques de riso assustadores.

A Mansão Infernal é um lugar frio e sinistro que faz jus ao nome. É lá que Cruella De Vil vive hoje, trancafiada por sua mãe, que raramente a visita. Quem cuida dela é a velha governanta de Lady De Vil, a sra. Web. A mãe de Cruella ficou horrorizada com o fatídico jantar em que Cruella lhe contou que pretendia fazer um casaco com pele de filhotes de dálmata. O que mais a assustou, porém, foi o escândalo causado por Cruella. Talvez vocês se lembrem daquela foto de Cruella estampada nos jornais, aquela com olhos injetados e cheios de ódio e fúria. Sua mãe achou que ela estava envergonhando a família, sem contar que estava manchando seu prestígio social. Então ela trancafiou a filha em um lugar afastado, junto à Aranha.

Eu às vezes me pergunto se Cruella realmente odiara a sra. Web desde que botou os olhos nela, como gosta de dizer. De certo modo, duvido disso. Não me entendam mal, a sra. Web é uma mulher fria. As descrições que Cruella fez dela não são exageradas. Para dizer a verdade, eu também acho que a mulher parece uma aranha sinistra. Mas não posso deixar de pensar que talvez a situação atual de Cruella tenha obscurecido as lembranças que ela tem da mulher. De todo modo, até as mulheres mais austeras têm um limite. Para acalmar os delírios de Cruella, a sra. Web achou que seria bom se ela tivesse a oportunidade de contar a sua versão da história. Depois de ler todos os livros anteriores da minha série de Vilões, a sra. Web achou que eu era a pessoa certa para contar a história de Cruella. E por isso fui até a Mansão Infernal.

Não é meu papel dizer a vocês o que pensar de Cruella De Vil e dos eventos que fizeram com que ela fosse trancafiada na Mansão Infernal. Mas quero apenas lhes uma coisa: eu ouvi sua história. E tive pena dela. E por um instante, só por um instante, vejam bem, finalmente entendi por que ela queria matar aqueles cãezinhos. E por que continua querendo até hoje. Passei noites acordada pensando em como as coisas poderiam ter sido diferentes para Cruella. Eu me pergunto o que teria acontecido se o pai de Cruella não tivesse morrido, se sua mãe não a tivesse abandonado. Eu me pergunto o que teria acontecido se Anita tivesse concordado em viajar com ela pelo mundo. E eu me pergunto se teria sido diferente se Sir Huntley tivesse conseguido convencê-la a ficar com a herança. Será que hoje ela estaria trancafiada em um lugar isolado? Será que estaria tramando a morte de cento e um dálmatas?

E então me questiono se aqueles brincos eram *mesmo* amaldiçoados. Talvez eles a transformassem toda vez que ela os usava. Talvez não. Jamais saberemos. O que sei é que ela nunca os tira. Ela ainda os usa, todos os dias, com aquele vestido preto estilo camisola e o anel de jade que ganhou do seu amado Jack dos Sonhos.

Independentemente do que tenha causado os delírios de Cruella e seu declínio para as trevas, eu não suportava a ideia de vê-la trancafiada na Mansão Infernal com a empregada que ela mais odiava na infância. Claro que sei que aquela mulher diabólica jamais voltará à liberdade. Mas Cruella realmente merece passar o resto de sua vida trancada, sem ninguém que a ame ou que se importe com ela? Não foi por isso que ela acabou se transformando na mulher que é hoje?

Talvez vocês não concordem comigo; talvez vocês achem que ela não merece um pingo de felicidade, mas liguei para a srta. Pricket, sua antiga babá. Eu lhe contei sobre a situação de Cruella e ela gentilmente concordou em ajudar a cuidar dela. Ela chegou no meu último dia na Mansão Infernal, e ela era exatamente como Cruella a havia descrito, só estava um pouco mais velha. Dava para ver que a srta. Pricket ainda amava Cruella, mesmo depois de tudo o que Cruella a tinha feito passar. Dava para ver que ela ainda enxergava aquela mulher como uma garotinha triste e solitária, e parte de mim também a vê assim.

Afinal, as coisas nem sempre são preto no branco, tão bem delineadas quanto as malhas de um filhote de dálmata. Mesmo para uma criatura cruel como Cruella De Vil.

Com amor,

Serena Valentino